# 트리니티 레볼루션
## Trinity
## Revolution

# 트리니티 레볼루션
Trinity
Revolution 2

**초판 1쇄 인쇄일** 2018년 4월 17일 **ㅣ 초판 1쇄 발행일** 2018년 4월 20일

**지은이** 임경주 **ㅣ 펴낸이** 곽동현 **ㅣ 담당편집 팀장** 이범수
**편집부** 홍현주 정요한

**펴낸곳** (주) 조은세상 **ㅣ 출판등록** 제 2002-23호
**주소** 경기도 연천군 미산면 청정로 1355
TEL 편집부 02)587-2966 ㅣ FAX 02)587-2922
e-mail bukdu@comics21c.co.kr

임경주 ⓒ 2018
ISBN 979-11-6171-803-3 ㅣ ISBN 979-11-6171-801-9(set) ㅣ 값 8,000원

임경주 현대판타지 장편소설

MODERN FANTASY STORY

# 트리니티 레볼루션 2
## Trinity Revolution

북두
(주)조은세상

# 임경주 현대판타지 장편소설

## MODERN FANTASY STORY

## CONTENTS

# 트리니티 레볼루션
## Trinity
## Revolution

# 제10장 눈부신 날들

인수가 침묵하자, 윤철도 잠시 말이 없었다.

수화기를 통해 정적만이 오갔다.

그리고 그 정적을 깬 이는 윤철이었다.

[유정이 때문이야? 인수야 유정이 그 녀석 사실은 너를……]

"윤철아. 오, 노. 그러지 마라."

유정과 자신을 연결시키지 말라는 투로 질색하며 말하는 그때였다.

[너 유정이 아빠가 누군지 알아?]

"걔 아빠 없는 걸로 안다만."

[그래. 공식적으로는 실종이지. 근데 실종도 실종이지만

누구냐가 더 중요해.]

실종이라.

하지만 실종보다 더 중요한 것.

"누군데?"

윤철이 곧바로 대답했다.

[서한철.]

"······!"

인수는 깜짝 놀랐다.

사냥개 서한철.

"······."

[서한철 몰라? 사냥개 서한철 말이야.]

"서한철."

인수가 서한철의 이름을 다시 한 번 되뇌었다.

안다는 것인지, 모른다는 것인지 윤철에게는 애매하게
들렸다.

[서한철을 몰라?]

10년이 지난 사건이었다.

인수가 대답하지 않자, 한숨 소리만 들려왔다.

그 한숨 소리에는 마치 '인수 너라면 당연히 알 줄 알았
는데······.' 라고 말하는 듯한 실망감이 묻어 있었다.

[그럼 신약도 모르겠네?]

신약(信約). 굳은 약속.

서한철은 신약이 앞세운 사냥개.

검찰 조직 내부에서도 인정하지 않았던 신약의 존재는 서한철로 인해 수면 위로 드러나며 사회적인 파장을 일으켰었다.

사냥개 서한철이 추적하며 물고 뜯었던 자들이 바로 온라인 불법 도박과 불법 성인사이트 그리고 불법 성매매와 관련된, 자그마치 200조에 달하는 지하경제의 한 부분을 차지하고 있던 조직폭력배 제3세대파와 그들의 뒤를 봐주는 부패한 정치인들과 검사들이기 때문이었다.

익명의 제보자에 의해 기사가 터졌다.


서한철이 제3세대파의 상납 리스트와 이를 입증해 줄 수 있는 증인들을 손아귀에 쥐고 있다.

상납 리스트에 포함된 이는 총 72명이며, 그 안에는 현 민정수석도 포함되어 있다.

서한철을 앞세운 자들은 바로 검찰의 내부 비밀조직 신약이다.

신약.

이것은 공안통과 특수통의 파벌 싸움인가?

그렇다면 신약은 공안통인가, 특수통인가? 아니면 그 어느 쪽에도 속하지 않는 독립조직인가?

서한철은 대검찰청 중앙수사부 수사관 중의 한 명.

대검찰청 중앙수사부는 검찰총장이 직접 지휘한다.

그렇다면 신약의 수장은 검찰총장인가? 아니면 제3의 인물이 따로 있는 것인가?

작성 서주은 기자.


이런 뉴스가 터진 가운데, 서한철이 확보했다던 증인들은 강요와 고문에 의해 자백했다며 진술했다.

이로 인해 폭력이 동반된 강압수사였다는 의혹이 제기되며, 검찰 내부에서는 담당수사관인 서한철의 내사를 요구했다.

상납 리스트는 더럽혀진 증거로 그 효력을 상실했고, 중앙수사부는 상납 리스트의 그 누구도 기소하지 못했다.

오히려 신약의 멤버로 의심받는 검사들이 줄줄이 내사를 받았고 일부가 소환당했다.

경찰들은 서한철의 신원을 확보하려 했지만 실패했다.

그리고 13년이 지난 지금까지도 서한철의 행방은 묘연했다.

검찰총장의 공식브리핑에서도 그 존재 자체를 인정하지 않았던 신약.

대검찰청 중앙수사부를 직접 지휘하는 검찰총장이기에 검사동일체의 원칙이 신약으로 인해 깨졌다는 사실을 극구 부인했었다.

[지금 정치권에도 그때 언급됐던 멤버들이 몇 명 남아 있잖아?]

"그런데."

[지금부터는 만나서 얘기하자. 내가 유정이 몰래 신상을 털다 보니까 여기까지 온 건데. 일단 유정이한테 전화해 봐. 할 거지?]

"전화는 하마."

전화를 끊은 인수는 잠시 생각을 정리했다.


인수는 통화목록을 뒤져 유정에게 전화를 걸었다.

[봤냐? 전화 안 올 줄 알았……]

"너."

[……]

"일단 학교는 얌전히 졸업해라. 더 이상 일 키우지 말라는 말이야. 알아듣겠어?"

유정은 오래도록 대답하지 않았다.

"대답해. 왜 대답 안 해?"

인수가 여동생을 혼내듯 말하자, 유정은 입을 꼭 다물어 버렸다.

인수가 확인한 동영상에서 유정은 자신을 괴롭히는 자에게 당한 만큼 복수하는 것이 목적이었을 뿐이었다.

그리고 한번 승기를 잡은 이상, 지속적으로 괴롭힐 것

13

이었다.

그렇게 되면 또 다른 문제가 발생할 것이고, 악순환의 고리는 영원히 끊어지지 않을 것이었다.

"대답해."

[아, 씨발. 네가 뭔데? 그래 까놓고 말할게. 내가 좀 매달리니까 좆도 우스워 보여?]

"응."

유정은 인수의 대답에 할 말을 잃고 말았다.

인수는 전화를 끊었다.

◇ ◆ ◇

서유정의 방.

통화가 종료된 핸드폰을 바라보고 있는 서유정의 입가에 픽 하며 미소가 번졌다.

그때 윤철에게 전화가 걸려 왔다.

[통화했어?]

"응."

[뭐래?]

"일 키우지 마라네? 뭐 어쩔 수 없지. 이번에도 우리끼리 하지 뭐. 끊자. 피곤하다."

[알았어. 굿 나이트.]

윤철이 전화를 끊자, 유정은 거실로 향했다.

그때 심각한 표정으로 남자와 통화를 하고 있는 엄마로 인해 물만 마시고는 다시 방 안으로 들어왔다.

"저놈의 가슴."

유정은 보형물을 넣어 키운 엄마의 가슴이 정말 싫었다.

그리고 저 목소리는 더 싫었다.

갑상선 수술로 인해 힘들게 기어 나오는 목소리는 숨이 막힐 지경이었다.

유정은 거울을 보았다.

가슴을 앞으로 내밀어 요리조리 살펴보다가 뭔가 마음에 안 들어 탱크브라를 벗어 던지고는 다시 보았다.

빈약한 가슴으로 인해, 미소년처럼 보였다.

"커도 문제고 이렇게 작아도 문제고."

다시 브라를 착용한 뒤, 침대 위로 무너지듯 누운 유정은 오래된 친구처럼 보이는 곰 인형을 꼭 끌어안았다.

그렇게 유정은 인수의 얼굴을 떠올리며 깊은 잠에 빠져들었다.

그리고 잠시 후 유정의 엄마가 방 안으로 조심히 들어와 선채로 한동안 딸의 잠든 모습을 보고는 나갔다.

"쳇."

방문이 닫히자, 혀를 찬 유정이 등을 돌려 누웠다.

다음 날, 백학고 음악 수행평가 시간.

"다음 박인수. 피아노 선택했네? 오, 베토벤 운명?"

"네."

인수가 진지한 표정으로 피아노 앞에 앉았다.

그리고 두 팔이 할리데이비슨 오토바이를 타는 것처럼 머리 저 위까지 올라갔다가 건반에 떨어진 순간.

밤밤밤밤.

운명은 이처럼 또 다시 문을 두드렸다!

모두가 깜짝 놀랐다.

그 누구도 숨을 쉴 수가 없었다.

연주가 극으로 치달아 가며 운명으로부터 자신을 이겨 내고자 하는 그 간절한 마음이 전해져 올 때, 음악 선생은 심장을 쥐어짜는 고통에 빠져들며 자신의 가슴을 부여잡았다.

"크으!"

음악 선생은 다리가 휘청거려 제대로 서 있을 수조차 없었다.

비틀.

인수가 베토벤으로 보였다.

숨이 벅차올랐다. 아찔했다.

이대로라면, 죽어 버릴 것만 같았다.

아이들 역시 모두 다 턱이 빠진 상태였고, 그 아래턱이 덜덜거렸다.

그렇게 연주가 끝났다.

잠시 멍한 상태가 이어졌다가, 선생님이 정신을 차리고 는 소리쳤다.

"예술에 100점이라는 점수는 없다. 박인수 99.99999점! 수행평가 점수 A!"

음악 선생은 그 말을 끝으로 털썩 주저앉고 말았다.

"감사합니다."

인수가 일어서며 정중하게 인사를 했다.

그러자 음악 선생은 주저앉은 채로 또 말했다.

"인수야…… 다시…… 다시 연주를…… 부탁한다!"

"앵콜! 앵콜!"

아이들이 박수를 치며 환호했다.

"알겠습니다."

인수는 극찬과 환호 속에서 다시 앙코르 연주를 했는데, 이번에는 비창이었다.

두 눈에서 주르륵 흘러내린 눈물이 음악 선생님의 양쪽 뺨을 적셨다.

최신형 핸드폰을 지닌 학생들 몇 명이 인수의 연주를 31 만 화소 핸드폰에 담았다.

그리고 이 동영상은 한양대학교 음대 교수에게 전해져

훗날 인수와의 만남으로 이어진다.


음악 수행평가가 끝나고 교실로 돌아온 1반 아이들은 인수가 전해 준 환상과 감동에서 그만 빠져나올 수밖에 없었다.

이제는 국어 선생으로부터 수행평가 과제를 전달받은 것이다.

과제는 각 모둠별로 장편소설을 완성해서 제출하는 것.

주제와 장르의 구분 없이 어떤 이야기라도 좋으니, 장편소설 한 편을 완성하면 되는 것이었다.

인수와 같은 모둠이 된 아이들은 이번에도 역시 인수의 능력을 기대했고, 모둠에 포함되지 못한 아이들은 설마 인수가 소설까지 잘 쓰겠냐며 스스로를 위안했다.


◇ ◆ ◇


일요일 스타벅스 103호점.

6명으로 구성된 인수의 모둠에는 여학생이 두 명 끼었다.

인수는 당시 이런 곳에서 세영과 함께 커피 한 잔을 즐겨보지 못했었다.

모둠의 아이들은 그저 이런 커피전문점이 생소하고 신기할 뿐이었다.

창작에는 눈곱만큼도 관심 없는 석태와 지석 그리고

언제나 줄을 잘 서는 윤철과는 달리 여학생 보경과 우희는 매우 적극적이었다.

특히 우희는 평소 글쓰기를 좋아해 작가의 꿈을 키워 나가고 있었고, 그동안 틈나는 대로 습작한 작품들이 상당했다.

역시나 윤철을 비롯한 남자애들은 제대로 된 아이디어 하나를 내놓지 못했고, 인수가 펼친 신형 노트북에만 관심을 가질 뿐이었다.

"먼저 하고 싶은 이야기 있어?"

인수가 보경과 우희를 번갈아 보며 물었다.

두 여학생은 서로의 얼굴을 보았는데, 우희가 쑥스러워하자 보경이 말했다.

"추리."

우희가 고개를 끄덕였다.

두 사람은 서로 친해 이미 추리소설을 쓰자고 마음을 맞춘 상태였다.

"오."

인수가 마우스를 움직여 문서 프로그램을 실행시켰다.

"인수 넌?"

우희가 인수의 눈치를 살피며 물었다.

"난 딱히 없어. 근데 추리에 꽂히네. 너희들은?"

"뭐 맘대로."

"나도 오케이."

"윤철이는?"

"나도 좋아. 추리면 추리답게 사람을 막 죽이자. 일단 막 죽이고 추리해 나가는 거야."

"……."

"……."

두 여학생의 표정이 굳어졌다.

"에라이. 너부터 죽어라."

석태가 손바닥으로 윤철의 뒤통수를 날려 버렸다.

인수가 웃으며 우희에게 물었다.

"생각한 시나리오는 있어?"

"음. 내가 일본 사회파 추리소설을 좋아해서……."

우희의 말을 듣고 있던 인수의 두 손이 키보드 위로 올라갔다.

인수의 진지한 모습에 우희가 수줍어하며 말을 이었다.

보경이 옆에서 피식피식 웃었다.

자기는 이미 들어서 다 안다는 표정이었다.

"동해 바다에서 인어가 발견되었는데……."

"어."

인수는 우희의 말을 즉시 키보드로 받아쳤다.

"근데, 사로잡혀서 카이스트 연구소로 갔는데 거기에서 살해당하는 거야."

키보드를 치던 두 손이 멈추었다.

"인어가?"

인수가 황당해서 물었다.

"인어가 왜?"

"어……."

우희가 말을 더듬으며 설명을 주저하자, 보경이 나섰다.

"인어가 상징하는 건 유혹이래."

보경이 여기까지 말하자, 우희가 나섰다.

"내가 말할게."

인수는 우희의 진지한 표정을 보며 흥미로움을 느끼는 동시에 뭔가 불길한 예감에 휩싸였다.

"결론부터 말하자면, 어린 시절 성폭행을 당한 여주가 자책과 동시에 남자들을 증오하며 잘못된 신념을 갖게 된 거야. 연구원인 여주는 매번 자살 충동에 휩싸이는데. 수족관에 갇혀 있는, 그러니까 탈출을 원하는 인어의 마력에 의해 자신을 대입하게 되다가 결국 살해까지 이르게 되는 건데……."

"잠깐만. 인어가 탈출을 원하면 그 마력에 의해 주인공이 탈출시켜 줘야 맞는 거 아님?"

윤철이 황당해서 물었다.

그러자 우희가 고개를 끄덕이며 말했다.

"맞아. 하지만 여기서 여주의 사연이 중요하게 작용되는 거야. 잘못된 신념으로 인해, 여주는 남자들에게 죄가 될 만한 유혹 자체를 제거한 거지. 자신에게 일어난 그 끔찍한 일을 자신의 탓으로 돌린 거야. 이게 전대미문의 인어 살해 동기야. 큰 맥락은 뭐 이런 거…….”

모두가 다 황당해하고 있었지만, 인수의 머리는 빠른 속도로 회전했다.

“결국 인어를 살해한 것은 자책과 분노 사이에서 고민하던 여주가 자살을 선택한 것이나 다름없겠네? 이 심리상태를 잘 표현하려면…… 여주가 성폭행을 당했을 당시, 부모가 무심코 던진 말이 또 다른 상처로 남았다든지, 주변인들의 시선 이런 부분의 디테일을 잘 살려야 할 거 같아.”

우희의 두 눈이 반짝거렸다.

인수와 통했기 때문이었다.

하지만 다른 사람은 아직도 이해를 못했다.

특히 윤철은 짜증이 날 정도였다.

“인어가 뭔 죄야?”

“그러게?”

석태가 동조했고, 지석은 그래도 이해해 보려고 혼자 열심히 머리를 쥐어짜며 노트에 스토리를 정리했다.

그러자 인수가 웃으며 말했다.

“맞아. 이 소설의 주제는 인어가 뭔 죄냐는 거지. 인어는 잘못한 게 하나도 없어. 다시 말해, 성폭행 피해자인 여주는 자신이 잘못한 게 하나도 없음에도, 그 상처와 충격으로 인해 자살과 복수 사이에서 방황하다가 결국 자살을 선택

트리니티 레볼루션
Trinity
Revolution 2

하게 되는 거야. 난 이걸로 결정했다. 다들 어때?"

"……."

"난 모르겠음."

남자애들은 알아서 하라는 식이었지만, 보경은 큰 충격을 받았다.

우희에게 들었을 때만 해도 웃기고 황당한 이야기라고 생각했었는데, 이런 깊은 뜻이 숨겨져 있었다는 것을 깨닫고는 우희를 다시 보게 된 것이다.

그때 인수는 불길한 예감을 확인하기 위해 화이트존을 생성시켜 우희의 생각을 읽었다.

그리고 그 불길한 예감은 결국 틀리지 않았다.

우희의 중학교 시절 경험이 소설의 모티브였던 것이다.

중학교 2학년 때의 우희는 남자 친구를 사귀고 있었는데, 그녀의 가슴을 만지고 키스를 요구하던 남자 친구는 우희가 거부하자 주먹으로 얼굴을 때리고 욕을 내뱉고는 이별을 고했다.

한쪽 눈이 파랗게 멍들어 들어온 딸을 본 우희의 아버지가 분노해 그 남자 친구의 집을 찾아갔는데, 남자 친구는 우희가 먼저 유혹했다며 끝까지 오리발을 내밀었다.

자신은 처음부터 관심이 없었는데 계속 만나자고 연락을 해 왔고, 또 만나는 동안 손도 먼저 잡고 그러니 그런 걸 원하는 줄로만 알았다고.

그런데 이랬다가 저랬다가 하면서 사람을 가지고 노니 순간 짜증이 난 것이라고.

우희의 아버지는 결국 폭발했고, 그렇게 그 집에서 난리가 났었다.

집으로 돌아온 뒤, 이어지는 아버지의 질문으로 인해 우희는 또 상처를 받았었다.

'그놈 말이 어디까지 맞는 거야?'

난 단지 더 가까워지고 친해지고 싶었을 뿐인데…….

우희는 끝내 이 말을 하지 못했다.

그리고 그때의 기억은 지금까지도 상처로 남아 우희를 괴롭히고 있는 것이었다.

인수는 우희와 공동작업을 시작했다.

넌 잘못한 게 없어. 네 잘못이 아니야.

소설의 주제이자, 우희에게 해 주고 싶은 말.

그리고 1차 폭행보다 더 무서운 2차 폭행을 부각시키기 위해 용의자들을 선정하고, 인어 살해범이 누구인지를 추리해 나가는 과정을 치밀하게 구성했고, 이야기는 성공적으로 마무리됐다.

〈인어는 잘못한 게 없는데요?〉

일단 가제를 정하고 나자, 키보드에 소나기가 내린다는 말이 딱 어울렸다.

10만 자가 순식간에 채워졌다.

노트북이 뜨거워지는 만큼, 인수의 무서운 집중력을 지켜보고 있는 아이들의 심장도 따라서 뜨거워졌다.

"끝."

1시간 만에 장편소설을 한 편 완성한 인수가 고개를 양쪽으로 젖히며 몸을 풀더니 기지개를 죽 폈다.

"끝?"

"진짜 끝?"

아이들이 모두 다 놀랐다.

"어디 봐."

"봐라. 제목은 이대로 가지 뭐."

인수가 보란 듯이 노트북을 돌려 아이들에게 내밀었다.

"말도 안 돼……."

빼앗듯 노트북을 독차지한 우희가 스크롤을 내리기 시작했다.

"우희가 검토할 동안 우리는 뭐할까? 뭐라도 먹자. 배고프다."

남자애들은 모두 다 할 말을 잃은 상태로 인수의 얼굴만 빤히 바라볼 뿐이었다.

보경도 우희의 옆에서 소설에 집중했다.

그렇게 소설을 다 읽어 내려간 우희가 고개를 갸우뚱거리며 말했다.

"잠깐만…… 잘못됐어. 이거 잘못된 거 같아."

우희의 말에 인수가 씩 웃으며 물었다.

"뭐가?"

"여주는 절대로 인어를 죽이면 안 돼. 풀어줘야 해."

남자애들은 이랬다가 저랬다가 하는 우희를 이해하지 못했다.

하지만 인수는 그런 우희의 입장을 충분히 이해하고 있었다.

"그래? 그러면 다시 고칠게."

다시금 키보드에 소나기가 내렸다.

순식간에 소설이 수정되었다.

반전에 반전이 이어진 것이다.

인어는 여주에게 살해당한 것으로 드러났지만, 실상은 인어의 마력으로 여주의 상처가 치유되었고, 이로 인해 인어는 여주의 도움으로 탈출하게 되었다.

그렇게 수정된 소설에서 다시 바다로 돌아간 인어를 확인하며, 우희의 표정은 그 어느 때보다 밝았다.

◇ ◆ ◇

〈인어는 잘못한 게 없는데요?〉

인쇄물로 완성된 소설을 확인한 국어 선생은 제목에서 시선을 거두지 못했다.

이게 어디 고등학교 1학년이 쓴 작품이란 말인가?

국어 선생은 즉시 컴퓨터를 켜고는 대한소설문학상 공모 요강을 살펴보았다.

공모 마감일은 9월 31일까지.

"딱 좋아."

국어 선생은 즉시 인수의 모둠을 교무실로 불렀다.

인수와 모둠 아이들은 귀빈 대접을 받았다.

"이거 누가 쓴 거야?"

"다 같이 썼습니다."

"아니, 그건 아는데. 그래도 주도적으로 쓴 사람이 있을 거 아냐?"

"인수요."

윤철이 말하자, 국어 선생은 인수의 얼굴을 보았다.

그 눈빛에는 존경심과 경외감이 담겨 있었다.

인수가 높은 스승으로 보일 지경이었다.

"점수는 무조건 A다. 그리고 이 작품을 공모전에 응모해 볼 생각인데, 너희들 생각은 어떠냐?"

선생님이 묻자, 윤철과 석태 그리고 지석은 두 눈만 깜박 거렸다.

"선생님. 이 소설의 전체적인 스토리는 우희가 짠 겁니다. 전 받아 적었을 뿐이고요. 공모전 응모는 우희의 의견이 중요한 거 같습니다."

"오! 이게 우리 우희 머리에서 나온 스토리였어?"

선생님은 우리 우희를 외치며 우희의 두 손을 덥석 마주 잡았다.

우희는 그 손에 민감하게 반응하거나 거부하지 않았다.

"세상에, 우리 우희가 어떻게 이런 이야기를 다 생각했어?"

"아, 그게…… 저도 그걸 잘……."

우희는 인수가 완성한 초고를 읽었을 때 자신이 거부했고 도망치려 했던 과거의 기억을 정면으로 마주했다.

그리고 그때, 화이트존을 통해 우희의 감정 상태를 확인한 인수는 당시의 장면을 재현시켰다.

우희의 인지능력을 보통의 인지능력 상태에서 메타인지 (초인지)의 상태로 변화시키기 위해서는 그 장면을 제3자의 입장에서 바라보게 만들어야 했다.

메타인지는 알고 있다고 착각하는 것과 확실히 알고 있는 것을 정확하게 파악하는 힘.

사건에 휘말리지 않고, 거리를 둔 채 지켜보기에 가능한 힘이었다.

우희는 자신의 끔찍한 기억을 방관자의 입장에서 지켜보는 순간, 메타인지 능력으로 인해 그 당시의 사건은 남자친구의 행동에 기인한 것이지, 자신의 잘못으로 인한 것이 아님을 확실하게 알 수 있었다.

단지 그놈이 개 쓰레기였던 것이다.

이것을 깨달은 순간, 우희는 소설의 결말을 바꾸었다.

우희가 푸른 바다로 나간 인어를 보며 좋아하자, 인수는 뿌듯해졌다.

"와, 인수야. 도대체 이걸 어떻게 쓴 거야? 정말 대단한 거 같아."

"이런 것을 생각해 낸 네가 더 대단한 거지."

"그런데. 나 이거 무슨 생각으로 시작한 거지?"

우희가 지니고 있던 상처, 자책과 증오의 괴로움이 아물었기에 할 수 있는 말이었다.

그때 인수는 우희를 꼭 안아 주고 싶은 것을 겨우 참았다.

〈인어는 잘못한 게 없는데요?〉

백학고 1학년 학생들의 수행평가로 완성된 이 소설은 2003년 대한소설문학상에서 최종 10편만 남는 본선에까지 오르는 기염을 토해 냈다.

비록 아쉽게도 1억 원의 상금이 걸린 당선작으로 결정되지는 못했지만, 이 일로 하여금 한 사람의 우울했던 과거를 청산하고 미래를 향한 희망찬 꿈을 갖게 만들었다는 사실만으로도 인수에게는 크나큰 만족으로 다가왔다.

◇ ◆ ◇

입시전쟁의 잔혹사와 획일적인 평가제도.

그리고 승자 독식과 끝없는 서열화.

경쟁에서 뒤쳐진 것도 모자라 무기력하게 포기하거나 결국엔 포기하게 될 아이들을 이미 알고 있는 인수였기에, 그들을 지켜보는 것도 마음이 편치 않았다.

그때는 자신의 처지가 더 어려운 상황이었기에 그들의 입장을 생각할 겨를이 없었지만, 지금은 아니었다.

함께 가야만 했다.

특히 인수의 기억에 의하면 지석의 경우가 가장 안타까웠다.

지석은 고1 때까지만 해도 상위권의 성적을 유지하고 있었지만, 2학년 1학기 중간고사를 치른 이후부터 무기력 증세를 호소하며 모든 것을 다 내려놓아 버렸다.

아버지의 사업실패로 가정이 빚더미에 오른 뒤, 인수는 자신을 괴롭히는 영호와 김무열로 인해 다른 친구들과 친해질 겨를이 없었다.

하지만 돌이켜 보니, 이사한 단칸방으로 몇 번 찾아온 친구가 바로 지석이었다.

당시 인수는 지석에게 피해가 갈까 봐 일부러 피했었지만, 지금은 그때 지석이 자신을 찾아준 것이 너무나도 고마웠기에 어떻게든 도움을 주고 싶었다.

하지만 지금 지석에게는 딱히 특별한 이유가 없었다.

화이트존을 통해 확인해 본 지석은 아무것도 하고 싶지

않다는 마음과 부모님에게 미안하고 고마워하는 마음만 있을 뿐이었다.

차라리 곧 위기를 겪게 될 경석의 경우처럼 눈에 뜨일 만한 특별한 원인이 있다면, 그 원인을 제거하는 일이 더 쉬울 것이다.

하지만 지석의 경우는 정확한 원인을 찾을 수가 없었다.

마치 신체적인 호흡은 제대로 이루어지고 있지만, 심리적인 호흡은 제대로 이루어지지 않고 있는 것처럼 느껴졌다.

그것은 경쟁에서 뒤쳐진 대부분의 아이들에게도 해당되는 것들이었다.

인수는 일단 지석과 단둘이 대화를 나누어 볼 필요가 있다고 판단했다.

◇ ◆ ◇

1:1 농구를 일부러 져 주었다.

둘이 힘차게 뛰고 난 뒤, 코트에 벌러덩 널브러졌다.

인수는 헐떡이는 지석을 불렀다.

"지석아."

자신을 부르는 인수의 목소리를 들은 순간, 승리감에 도취되어 헐떡이며 가쁜 숨을 몰아쉬던 지석은 뭔가 묵직한 분위기에 대답조차 못했다.

"하아, 하아."

여전히 가쁜 숨을 몰아쉴 뿐이었다.

인수가 상체를 일으켜 지석을 바라보았다.

"난 앞으로도 네가 지금처럼 이렇게 계속 활기찼으면 좋겠어."

"내가 왜?"

"그렇게 감추려고 애쓰지 않아도 돼. 이제 중간고사가 코앞인데, 너 지금 공부 제대로 안 하고 있지?"

"어, 어떻게 알았어?"

"딱 보면 알지."

"신기하네. 그냥. 이제 공부하기 싫어. 지겨워."

"얼마나 했다고."

"할 만큼 했지. 이젠 싫어. 더 이상은 못하겠어."

지석은 호흡이 정상으로 돌아왔건만, 정말 일어나지 못하는 사람처럼 여전히 드러누워 있을 뿐이었다.

그렇게 파란 하늘을 바라보며 아무런 말도 하지 않았다.

그런 지석을 물끄러미 바라만보고 있는 인수.

"아, 뭐야."

결국 지석이 입을 열었다.

"나 그냥 선생님들이랑 울 엄마아빠에게 난 아무것도 못하는 녀석이라는 모습을 보여 줄 필요가 있을 거 같아."

"그러면 편해?"

"어. 내 맘 잘 아네. 역시 친구야. 이 지겨운 공부를 계속 해야 한다고 생각하면 차라리 이쪽이 더 편해."

"어느 쪽이든 둘 다 불편하고 힘든데 차라리 포기하는 쪽이 더 낫다는 거네."

"정확해. 암튼 넌 정말 대단해. 어떻게 그렇게 치고 오를 수가 있는지 존경스러워."

"음. 내가 곰곰이 생각해 봤는데 말이야."

"뭘? 나?"

"그래, 너. 너 말이야 너. 바로 너."

지석도 상체를 일으켜 세워 인수의 얼굴을 보았다.

"지석아. 내가 정말 어렵고 힘들 때 나를 찾아와 준 친구가 있었어. 그땐 잘 몰랐는데, 친구가 찾아온다는 것은 어느 시인의 말처럼 정말 어마어마한 일인 것 같아."

지석은 인수의 말을 이해할 수가 없었다.

"그 친구는 단지 몸만 찾아온 게 아니라 그의 과거와 현재, 그리고 미래까지 함께 날 찾아와 준 거야."

"이럴 땐 난 네가 아저씨 같고."

지석의 대꾸에 인수가 풋 하고 웃었다.

"다시 그 친구가 찾아온다면…… 그때는 바람처럼 그 친구의 마음을 어루만져 주는 흉내라도 낼 거야. 정말 그랬으면 좋겠어. 그 친구는 나를 찾아왔을 때 이미 바람처럼 내 아픈 마음을 어루만져 주었거든."

33

"아, 이 아저씨를 어떻게 해야 하나."

인수는 사람 좋은 미소를 지으며 계속 말을 이었다.

지석은 자꾸 아저씨라고 말하고 있지만, 인수의 진심이 전해져 왔다.

"넌 패잔병일 거야. 그것도 부상당한 패잔병. 어쩌면 포탄에 맞아 한쪽 다리가 날아가고 없는 상태일 수도 있어. 앞으로도 계속 입시 경쟁이라는 이 전쟁터에서 싸워야 하는데, 하루빨리 후송차를 타고 이 전쟁터에서 벗어나고 싶은 마음뿐인 거야."

지석이 자기도 모르게 고개를 끄덕였다.

하마터면 울컥하며 눈물이 쏟아져 나올 뻔했다.

부모님은 하나뿐인 아들인 자신을 항상 응원했다.

수행평가는 항상 엄마의 몫이었고, 공부만 하면 모든 집 안일에서 열외되었다.

괜찮아, 아들. 빨래 정리하는 것쯤이야 엄마가 할게.

넌 공부만 열심히 하면 돼.

어느 날 엄마가 집중력에 좋은 것이라며 약을 건네주었다.

지석은 중학교 3년 동안 아무런 의심 없이 그 약을 복용했다.

하지만 아빠가 불같이 화를 내며 엄마와 싸우는 통에 알게 되었다.

그 약은 '주의력결핍 과잉행동장애(ADHD)'의 치료제였던 것이다.

약의 정체를 알게 된 후, 엄마가 자신을 속인 것에 대해 큰 상처를 받았다.

어느 날 밤에는 검정색 복장으로 자신을 미행하는 엄마를 발견하기도 했었다.

학원에 가나 안 가나…….

더군다나 학년이 올라갈수록 공부는 계속 어려워졌고, 엄마 몫이었던 수행평가도 그 난이도가 높아져만 갔기에 엄마도 신경질을 내기 일쑤였다.

학교의 상황을 잘 모르는 아빠는 왜 당신이 아이 숙제를 대신 하는 거냐고 화만 냈다.

치맛바람을 일으킨다며 못마땅해했다.

지석은 이미 인수의 말처럼 부상을 입었고, 더 이상 그 기대를 충족시켜 줄 자신이 없었다.

언제나 자신을 응원하는 부모님에게는 미안한 마음뿐이었다.

그 어느 쪽을 선택해도 힘들다.

그렇다면 조금이나마 편한 쪽을 선택하는 것이 낫다고 판단했다.

그러면서도 마음은 여전히 불편하다.

이미 학습된 무기력 증세인 것이다.

"지금 이 상태로는 다시 일어나 싸울 수가 없어. 다시 일어나 싸우려면 의족을 착용해야겠지. 지금까지 해 왔던 거보다 훨씬 더 큰 용기와 힘이 필요한 거야."

"인수야. 너는 어쩌면 내 맘을 그렇게 잘 아냐?"

지석이 감탄했다.

"친구니까."

"맞아. 넌 역시 내 친구야."

무기력은 단시간에 발생한 것이 아니라 초등학교 때부터 지금까지 오랜 세월 동안 축적되어 발병한 것이기에, 지금 인수의 말 한마디로 지석이 다시 힘을 되찾는다는 것은 불가능했다.

하지만 친구가 옆에서 지속적으로 힘을 실어 주고 응원해 주며 함께 간다면 충분히 달라지지 않을까?

"근데 있잖아, 인수야."

"응?"

"여자 좀 소개시켜 주라."

"딱히 여자가……."

"알았다."

"……."

지석은 다시 큰대자로 벌러덩 드러누웠다.

인수는 옆에서 두 눈만 깜박거렸다.

제11장 공사 준비

# 트리니티 레볼루션
## Trinity
## Revolution

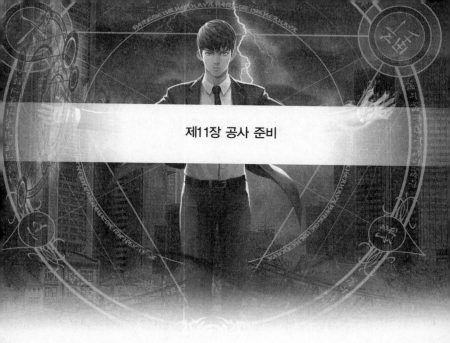

# 제11장 공사 준비

육교 위.

찰칵찰칵.

모자를 눌러쓴 인수가 카메라를 들어 도로 건너편 블랙로즈라는 룸살롱 간판을 찍었다.

지잉지잉.

줌이 다시 당겨졌다가 좁혀지며 간판 아래로 노란색 안경을 착용한 인물이 피사체로 고정되었다.

"김서용."

셔터를 누르는 인수의 입에서 이름이 새어 나왔다.

찰칵찰칵.

그리고 그 다음으로는 김서용을 따라 건물 안으로 들어

가는 김운택과 김영국의 얼굴이 찍혔다.

인수의 발아래 도로에는 왕래하는 차들이 많았다.

택시들은 쉴 새 없이 유흥가를 찾아온 손님들을 내려 주었다.

유흥가의 화려한 불빛으로 불야성을 이루고 있는 도시의 밤풍경을 잠시 바라보던 인수는 육교를 내려왔다.

수많은 룸살롱 건물을 지나쳐 블랙로즈 건물 앞으로 걸어가는 그때, 김영국이 도망치듯 밖으로 빠져나왔다.

인수의 앞이었다.

"어허, 김 사장님!"

"조합장님. 오늘 제가 급한 약속이 있었는데 깜빡했네요. 다음에 한잔하시죠?"

"뭐가 만날 다음이야?"

그때 김서용도 밖으로 나오며 불쾌한 목소리를 내뱉었다.

우우우웅.

인수는 서클을 회전시켰다.

화이트존 안에 김운택과 김서용이 들어와 잡혔다.

두 사람의 감정 상태를 읽은 인수는 재빨리 서클을 멈추고는 화이트존을 거두었다.

김서용과 김운택이 양쪽에서 김영국을 붙잡아 안으로 데리고 들어가기 위해 실랑이를 벌이기 때문이었다.

"자자, 어여 들어갑시다."

"허, 김 사장님. 오늘 우리 서용이 동생이 아가씨들을 쓰리에스급으로 준비했다지 않습니까? 자, 들어가시죠. 얘들아 사장님 들어가신다!"

"아, 그게……."

인수는 쩔쩔매는 김영국의 모습에 고개를 설레설레 저으며 앞으로 걸어갈 뿐이었다.

마음 같아서는 이대로 그냥 가 버리고 싶었다.

하지만 인수는 세영을 생각하며 장인어른을 기다리기로 마음을 고쳐먹었다.

취중진담이라고 했던가.

인수는 장인어른과 진솔한 대화를 나누어 볼 필요가 있다고 판단했다.


2시간이 지났다.

만취한 상태로 밖으로 나온 김영국은 비틀거렸고, 김운택은 무척 친한 사람처럼 그런 김영국에게 어깨동무를 하며 3차를 외쳐 댔다.

"김 사장님, 3차 가야죠? 3차 갑시다! 3차!"

"아닙니다. 저 여기서 더 마시면 죽겠습니다. 어디 보자…… 대리가……."

김영국은 손사래를 저으며 대리기사를 불렀다.

"어허, 초저녁에 무슨 대립니까? 오늘 끝장을 봅시다. 술 먹고 죽어 봅시다!"

"초저녁?"

김영국은 손목시계가 잘 보이지 않는지, 가까이 들여다보았다. 12시 30분.

"초저녁 맞네."

"그럼요!"

"근데…… 그래도 가야죠. 집에 가야죠."

"어허!"

그렇게 계속 실랑이가 오갔다.

김서용은 못마땅한 얼굴로 서 있을 뿐이었다.

그 모습을 육교 위에서 지켜보고 있던 인수는 슬슬 움직여 김영국의 앞으로 다가갔다.

"사장님 대리 부르셨어요?"

"어, 뭐 이리 빨라?"

제대로 서 있지도 못하는 김영국에게 인수는 90도로 인사했다.

"총알대리입니다."

"진짜 총알이네. 빨라서 좋아."

김영국은 딸꾹질을 하며 호주머니를 뒤져 키를 찾았다.

"어…… 내 키가 어디 갔지?"

몸 여기저기를 뒤지던 끝에 키를 찾은 김영국은 그 키를 인수에게 건네주었다.

"그럼, 저는 이만 들어가 보겠습니다!"

"어허, 김 사장님. 이거 서운합니다!"

"오늘만 날입니까?"

김영국이 뒤로 걸으며 말했다.

"알겠습니다. 뭐 어쩔 수 없네요. 어이 대리! 우리 김 사장님 잘 모셔다 드려!"

"네, 사장님."

인수는 김운택에게도 깍듯이 인사했다.

"그럼, 김 사장님. 조심히 들어가십시오!"

김운택이 넙죽 절하듯 인사하자, 김영국은 손을 흔드는 것으로 대답하고는 인수를 향해 손가락을 튕겼다.

"가자."

김영국은 비틀거리며 인수를 자신의 차로 안내했다.

◇ ◆ ◇

후우후우.

만취한 김영국의 상태는 가관이었다.

뒷좌석 상석에서 넥타이를 풀어 젖히고 몸을 절반쯤 눕힌 상태로 연신 욕지거리를 내뱉었다.

코가 막히는지, 입으로 거친 숨을 내뿜던 김영국은 전화기가 울리자 받았다.

"대리? 어…… 기사 와서 가고 있는데? 아 씨…… 몰라 몰라. 아 그러니까 빨리 와야지."

김영국은 상대방이 무슨 말을 하고 있는데, 전화기 홀더를 닫아 버렸다.

"멍청한 놈이 지가 늦게 와가지고는! 이래서 밥 벌어먹고 살겠어?"

운전을 하는 인수는 아무런 대꾸도 하고 싶지가 않았다.

"어이, 대리."

김영국이 불렀지만 인수는 대답하지 않았다.

"어? 어이 대리. 내 말 안 들려?"

김영국이 뒤에서 머리카락이라도 잡아당길 것처럼 상체를 벌떡 일으켜 세웠다.

"네, 사장님."

"그래. 사람이 한 번 말하면 들어야지."

"뭘 좀 생각하고 있었습니다. 말씀하세요, 사장님."

"내가 뭔 말을 하려고 했더라?"

"많이 취하신 거 같습니다."

인수는 슬슬 짜증이 밀려왔다.

그래도 진솔한 대화를 나누어 볼 필요가 있다고 생각해 꾹 참았다.

"그래. 내가 좀 취했지. 맞아! 이놈들이 나를 뭐로 보고!

이 무식한 깡패노무새끼들이."

"속상한 일 있으세요?"

"아냐."

후우후우.

김영국은 다시 몸을 눕히고는 입으로 숨을 거칠게 몰아쉬었다.

그러다가 생각하면 할수록 기가 막히고 억울한지 혼자 발악하듯 소리치기 시작했다.

"개 씨부랄 것들! 30%가 뉘 집 개 이름이야? 아, 씨발!"

"사업 때문에 속상하신가 봅니다."

"속이 상하는 정도가 아니야! 아주 문드러져!"

"저도 속이 상합니다."

"자네는 왜?"

"아니, 사장님 말씀 듣다 보니까요."

"자네가 나랑 뭔 상관인데?"

"30%면 수익의 30%를 말씀하시는 것 같은데요. 뭐 그 정도를 가져가겠다면 칼만 안 들었지 강도 수준 아닙니까?"

"내 말이!"

"무슨 사업을 하시는데요?"

신호등이 빨간색으로 바뀌었다.

인수는 차를 멈추고는 룸미러로 김영국을 바라보았다.

김영국은 너 같은 대리기사 따위가 알 바 아니라는 듯

고개를 돌린 채 외면하고 있었다.

"사장님 큰일 하실 분 같습니다."

"그래?"

"네."

"뭐 듣기에 나쁘지는 않구먼. 근데, 이 깡패노무새끼들. 내가 대한민국에서 제일 높은 빌딩만 세워 봐."

"우와. 대단하십니다. 어쩐지."

"남자가 꿈을 크게 가져야지."

저렇게 작은 새가슴으로 꿈을 크게 가진 것부터가 문제였다.

인수가 꾹 참으며 가려운 곳을 긁어 주자, 인사불성인 김영국은 슬슬 마음을 열기 시작했다.

신호가 바뀌자 차가 다시 움직였다.

김영국도 욕을 시작으로 속사정을 말했다.

"아, 씨발. 3도급으로 들어가는데 차포에 상마까지 여기저기 다 떼어 줬는데, 30%까지 떼어 가겠다고 하면 난 도대체 뭐 먹고 살라는 거야?"

"어디 재개발사업이신가 봅니다?"

"어."

"그 재개발사업은 철거민들 보상 문제가 복잡하던데요. 그 문제는 잘 해결하셨습니까?"

"그게 잘될 리가 있나."

인수는 눈을 들어 김영국을 보았다.

도덕성에 치명적인 문제가 있으면 무조건 발을 빼게 하는 것만이 능사는 아니었다.

김영국의 시선은 창밖을 향하고 있었다.

인수는 김영국의 말을 기다렸다.

"총체적인 문제야. 이런 일을 하다 보면 항상 느끼는 건데…… 결국엔 없는 사람만 불쌍한 거야. 나도 회의감이 들 때가 많아."

"지자체든 정부든 조금만 신경 써 주면 더 좋은 방향으로 해결이 될 텐데요."

인수는 다시 룸미러를 보았다.

김영국이 고개를 끄덕였다.

장인어른의 그런 모습 하나만이라도 인수에게는 큰 힘이 되었다.

"다들 돈에 환장해서 자기 주머니 챙기기 바쁜데 그게 되겠어? 나도 지금 그 깡패노무새끼들한테 내 돈 다 뜯기게 생길 판이야. 아, 씨발 이 바닥 15프로가 대센데 이 새끼들은 따블을 강요하고 지랄이야. 둘이 내 돈을 가지고 사이좋게 나눠 먹으라고 그러는 게 틀림없어."

"진짜 나쁜 놈들이네요. 사장님 회사 수익금의 30%면 너무 심한 거 아닙니까? 그것도 3도급업체……."

"천하의 날강도가 따로 없다니까."

"그래도 사업이 잘되면 도급 순위는 올라가지 않겠습니까?"

이래서 부실 공사가 넘쳐나는 것이었다.

당장 눈앞의 이익만 바라보며 요리조리 빼돌리다 보니, 자연스레 부실 공사가 이루어질 수밖에 없었다.

"그렇기야 하지. 그러니까 공사를 잘해야지."

후우.

인수가 안도의 한숨을 내쉬었다.

그래도 그렇게 개차반인 사람은 아니어서 다행이었다.

김영국도 코가 막혀 입으로 한숨을 터트렸다.

"근데요 사장님. 저같은 대리기사가 뭘 알겠습니까마는…… 뭐든지 계약이 중요한 거 같습니다."

"당연한 거지."

"그 수익배분에 관한 계약서에 사인은 하셨습니까?"

"아직 안 했지! 내가 누군데! 그러니까 저 새끼들이 나 술 먹이고 아가씨 붙여 주고 호들갑을 떠는 거야."

"저라도 못하죠."

"그렇지? 하, 씨발. 그냥 다 때려치울까 봐."

인수는 더 이상 대꾸하지 않았다.

눈앞에 아파트 입구가 보였다.

그때 김영국의 전화기가 울렸다.

"어, 우리 딸이 웬일이야?"

인수의 귀는 저절로 세영의 목소리를 듣기 위해 수화기에 집중되었다.

[엄마 전화는 왜 안 받아요?]

무뚝뚝한 목소리였다.

"엄마가? 어디 보자⋯⋯."

[어디세요?]

"어, 몰랐네? 어? 지금 집. 집이야. 거의 다 왔어."

[네.]

김영국이 횡설수설하자 세영은 엄마에게 거의 다 왔대, 라고 말하며 전화를 끊었다.

"따님이신가 보네요."

"어. 우리 딸. 하나밖에 없는 내 딸."

"사이가 좋으신가 봅니다. 아빠가 늦으니까 걱정되어서 전화도 다 하고."

"아냐. 갈수록 멀어지는 거 같아. 뭘 자꾸 숨기는 것도 같고, 선을 딱 그어 놓고는 더 못 오게 하는 것도 같고."

"사춘기라 그런 게 아니겠습니까?"

"카메라 같은 거를 방에 설치해 볼 필요가 있는 거 같아."

"왜, 왜요?"

인수는 화들짝 놀랐다.

"아니, 뭐하나 보게."

"아빠가 그러면 안 되죠."

"그래? 그러면 안 되는 거야?"

"그럼요. 그러지 마세요. 그거 알게 되면 따님 집 나갑니다."

"날 자꾸 밀쳐 내는 거 같아서……."

"집착하는 모습을 보이지 마시고, 따님이 먼저 다가오게 만들어 보세요."

"그걸 어떻게 해?"

"고민을 해야겠죠? 주위에 딸이랑 친한 아빠들과 얘기도 해 보고요."

"에이 씨…… 아빠가 딸이랑 친하게 지내는 것도 고민을 해야 하나."

"좋은 쪽으로…… 네, 네."

늦은 시간인지라 주차할 곳이 마땅치 않았다.

"대충해."

"네, 사장님."

인수는 상가 주변에 차를 주차한 후 내렸다.

키를 건네주자 김영국이 비틀거리며 지갑을 열어 돈을 꺼냈다.

"얼마지?"

"……만 원입니다."

"만 원? 싸네? 싸고 빨라."

인수는 만 원을 받고는 뒤돌아섰다.

혹시나 세영이 마중을 나오지는 않았을까 하는 생각에 뒤돌아보았다.

김영국이 홀로 팔자로 걸으며 집을 향해 가고 있었다.

◇　◆　◇

집으로 돌아온 인수는 프린터기로 인쇄한 사진을 벽에 하나씩 붙였다.

중앙에는 김서용의 사진을 붙이고는 네임펜으로 〈김서용-핵심인물〉이란 문구를 덧붙였다.

그리고 그 이름 밑에 부수사항으로 〈강제철거 업체 사장-서용파 보스〉라고 기재했다.

아웃도어 모자를 착용한 평범해 보이는 김운택의 사진 밑에는 〈조합장〉이라 기재한 뒤 선을 쭉 그어 김영국의 사진에 화살표를 이었다.

그리고 그 화살표선 밑에는 〈업체 선정 대가 25,000만 원. 진남기업 수익금의 30% 차지〉라고 기재했다.

김서용에게서 시작된 화살표도 김운택에게로 향했다.

그 화살표선 밑에는 〈업체 선정 대가 18,000만 원〉이라고 기재했다.

여기까지만 보면 김운택이 양쪽으로 받을 돈은 43,000만 원이었다.

김영국의 밑에는 진남기업 사장이라고 기재했다.

김서용에게서 김영국에게 뻗어 온 화살표 선에는 블랙로즈 향응 제공이라 기재했다.

그리고 마지막으로 김운택에게서 시작된 화살표가 김서용에게 향했다.

〈진남기업 수익배분 7:3〉

인수는 화이트존을 통해 놈들의 생각을 읽었다.

김영국의 수익에서 30%를 가져가면, 그 30에서 김운택이 7할을, 김서용이 3할을 차지하는 것이었다.

여기서 인수는 고개를 설레설레 저었다.

과연 김서용이 그렇게 할까?

김운택에게 70을 주고 자신이 30을 갖는 것으로 만족하고 있을까?

여기서 누군가는 틀림없이 틀어질 것이고, 무리수를 둘 것이 분명했다.

그 무리수는 김영국으로 하여금 겁에 질려 계약서에 사인을 하게 만들었겠지만, 지금은 아니었다.

장인어른이 계약서에 사인을 할 일은 없을 것이다.

하지만 인수가 노리는 것은 그 무리수였다.

세영의 미래를 위해서라도 장인어른은 그 무리수로 인해 극한을 경험하고 정신을 바짝 차려야만 했다.

다음 날 저녁.

김선숙은 모임에 나가기 위해 꽃단장을 하느라 늦었다며 인수에게 만 원을 쥐여 주었다.

"큰일 났네. 그년들 지랄을 하는데. 아들. 엄마가 미안. 자장면 시켜 먹어."

"아빠 오시기 전에는 들어오세요."

"알았어."

"엄마 예뻐요."

"알아."

엄마를 현관 밖까지 배웅하고 돌아온 인수는 김서용과 김운택의 사진을 번갈아 보다가 의자에서 몸을 일으켰다.

그렇게 한 손으로 턱을 괸 채 벽의 사진들을 바라보던 인수는 전화기가 울리자 무심코 전화를 받았다.

"여보세요?"

"인수야, 연습 좀 했어?"

"아!"

석태였다.

챔피언. 깜박 잊고 있었다.

"언제 맞춰 볼 건데?"

"이번 주 일요일."

"알았어. 장소는?"

"학교 총무관. 그날 다른 팀들도 올 거야. 확 눌러 주자고."

"아, 하하하! 알았어."

전화를 끊은 인수는 의자에 앉아 안무 동영상을 실행시킨 뒤 화면을 뚫어져라 노려보았다.

긴장되었다.

인수는 갑자기 의자를 뒤로 밀치고 벌떡 일어나 춤을 따라하다가 유리창을 보았다.

그곳의 자신을 보는데…….

"웬 아저씨가…….."

자신이 보아도 아저씨 같았다.

인수는 고개를 젓더니 다시 동영상을 앞으로 돌렸다.

보고 또 보고, 다시 유리창을 보며 안무를 따라해 보고.

"에이. 괜히 한다고 그랬나?"

이번에는 동작을 따라서 할 줄 아느냐 못하느냐가 문제가 아니었다.

자신이 보아도, 춤에는 소질이 없었다.

그때 인혜가 들어오는 소리가 들렸다.

"안녕하세요?"

아무도 없는 거실에 인사를 하는 수연의 목소리도 들려왔다.

인수는 방문을 열고 밖으로 나갔다.

"인혜야."

"왜?"

"나 춤 좀 가르쳐 줘."

"헐. 뭔 춤?"

"챔피언."

"챔피언 같은 소리하고 있네. 그걸 오빠가 왜?"

"우리 기말 끝나고 축제 때 무대 서기로 했어."

"와!"

수연이 옆에서 박수를 치며 좋아했다.

"야. 뭘 그렇게 좋아해? 니가 가르쳐 줘라."

"아무나 좀 알려 줘. 일요일 날 맞춰 보기로 했는데 연습
을 하나도 못했어. 근데 안무 알아?"

"알다마다. 끝장이지. 그런 축제용 코믹나이트댄스는 우
리 수연이가 꽉 잡고 있지."

"어, 그래? 잘됐네. 그럼 일루 와 봐."

인수가 방문을 열고는 수연에게 따라 들어오라며 손짓했
다.

인혜가 앞장서서 들어가려는 그때, 수연이 신난다는 표
정으로 먼저 들어가고 있었다.

'이 가시나 봐라?'

인혜는 의심스러운 눈빛으로 수연의 뒤통수를 노려보며
인수의 방으로 들어갔다.

"오빠. 일단 해 보세요. 제가 봐 드릴게요."

수연과 인혜가 침대에 걸터앉았다.

짝짝짝 박수를 치는 수연의 얼굴은 잔뜩 기대된다는 표정이었고, 인혜는 '뭐 얼마나 잘하겠어?' 하는 표정이었다.

순간 벌거숭이가 된 듯한 기분을 느낀 인수는 두 사람을 빤히 내려다봤지만, 배움에 있어서 가장 중요한 것은 스승이라는 생각에 이내 뒤돌아 컴퓨터의 동영상을 틀고는 안무를 준비했다.

인수의 뒷모습을 바라보는 수연은 두 손을 깍지 끼고 모으기까지 했다.

네가 진정한 챔피언.

쿵짝. 쿵짝.

열심히 안무를 따라 하기 시작하는 인수.

그런 인수의 모습에는 '무엇이든지 열심히 하고 친구들과 재밌고 신나게 살아갈 것이리라.' 라는 다짐이 엿보였다.

하지만.

"어이구. 죽어라."

인혜가 뒤에서 바로 내뱉었다.

인수는 헉하며 주춤거렸다.

그러다가 다시 열심히 따라서 춤췄다.

동영상과 어긋나기 시작했다.

"왜? 잘하는데?"

"야. 맘에 없는 소리 하지도 마. 저게 잘해?"

"난 괜찮은데?"

"너 지금 보니까 울 오빠 뭐든지 다 좋아 보이는 거 같다?"

"어? 아니…… 그게…… 열심히 하시잖아."

인수는 더 열심히 안무를 따라했다.

손을 앞으로 하고 엉덩이를 좌우로 흔드는 그때였다.

"어우 더러워. 못 봐주겠네."

결국 인혜가 밖으로 나가 버렸다.

인수도 동작을 멈추고 말았다.

쿵짝. 쿵짝.

방 안에는 음악 소리만이 울려 퍼졌고 인수는 고개 숙인 아저씨 같았다.

살아온 세월은 여기서도 이렇게 드러나는구나…….

이런 생각을 하니 지금이라도 그만두는 것이 좋을 것 같았다.

"아니에요. 잘하셨어요."

인수가 한숨을 푹 내쉬며 돌아서는 그때, 겨드랑이 사이로 수연의 한 손이 쑥 들어왔다.

반대 손은 반대쪽 골반에 올라왔다.

"자, 보세요. 여기서 어깨 방향과 골반 방향이 엇박자처럼 어긋나야 더 흥이 나요."

인수는 깜짝 놀랐다.

인수의 몸을 움직이는 수연의 손힘이 강하게 전달되어
왔기 때문이었다.

"거울이 있어야…… 잠시만요."

수연은 인혜의 방으로 들어가 전신 거울을 들고 나왔다.

낑낑대니 인수가 번쩍 들어 옮겼다.

"포인트가 중요해요."

거울 앞에서 동작을 끊어서 보여 주는 수연의 모습은 감
탄사가 절로 나올 정도로 멋지고 훌륭했다.

잘 추는 것은 둘째고, 춤에 대한 열정과 자신이 선택한
것에 대한 집중력이 아름답게 빛을 발하고 있었다.

그리고 무엇보다도 선이 예쁘고 정확했다.

"오."

"이렇게요. 여기서 이렇게 튕겨 주고, 턴하고."

"음."

인수가 옆에서 그 동작을 따라 하자, 수연은 잠시 지켜보
더니 인수의 뒤로 이동해 자세를 교정시켜 주었다.

참 신기했다.

수연의 손이 인수의 몸을 움직일 때마다 굉장한 힘이 느
껴졌다.

저 가녀린 손에서 어떻게 이렇게 강력한 힘이 전해져 오
는 걸까.

인수는 그 힘을 열정이라 생각했다.

"뭔가 흥이 나는 거 같아."

"그렇죠?"

수연은 활짝 웃으며 박수를 쳤다.

"안무를 완벽하게 외우는 거는 시간문제고요. 제가 알려 드린 포인트에만 집중하시면 민폐는 아닐 것 같아요."

"아, 하하하. 고맙다."

"자, 다시 해 보세요."

수연은 춤에 있어서만큼은 인수에게 정말 훌륭한 스승이었다.

인수는 수연의 공부를 봐줄 때 좀 더 꼼꼼하고 성의 있게 봐주어야겠다고 마음먹었다.

그러다 문득 인수는 반대의 경우를 생각해 보았다.

이 아이도 내가 공부를 가르쳐 줄 때 나를 통해 이러한 힘을 느끼는 것일까?

난 이 아이에게 어떤 열정을 전해 주고 있을까? 아무것도 없을까?

순간 세영의 얼굴이 떠올랐다.

"이제 됐어. 지금부터는 혼자 연습할게."

"아니에요. 좀 더 봐 드릴게요."

수연의 손이 양쪽 골반에 또 올라왔다.

강한 힘이 전달되었다.

인수는 그 힘에 조종당하듯 안무를 익혀 나갔다.

"어? 근데 저 사진들은 뭐예요?"

"아. 스토리보드. 저기에서 툭 튀어나와 무리수를 두는 인물이 누구일까 좀 생각하느라."

"우와. 오빠 소설도 써요?"

"아. 뭐."

인수는 대충 대답했다.

"그 소설 저 좀 보여 주세요. 보고 싶어요."

나를 좋아하는구나. 이를 어쩐담.

"나중에. 완성되면."

"네!"

활짝 웃는 수연의 얼굴은 방 안을 온통 환하게 만들 정도였다.

그렇게 한참을 둘이 안무를 익히고 있는데 모임에 갔던 엄마가 일찍 돌아오셨다. 장도 봐 왔다.

"어, 엄마?"

인수가 방에서 나가자 수연도 뒤따라 나와 인사를 했다.

"안녕하세요?"

김선숙은 인수의 방에서 둘이 함께 다정한 모습으로 나오자 잠시 고개를 갸우뚱거렸다.

"엄마 뭔 일이야?"

인수는 지금 왜 이렇게 일찍 들어왔냐고 묻는 것이었다.

"뭔 일은. 그 한심한 년들. 내가 그것들하고 주둥이 털면서 시간낭비 하느니 내 새끼들 저녁이라도 챙겨 줘야지 안 되겠어."

"아이고, 울 엄마 철들었네?"

"자장면 안 시켜 먹었지?"

"네, 엄마."

인수는 엄마의 엉덩이를 토닥거려 주었다.

"기다려. 엄마가 따뜻한 밥 해 줄게. 수연이는? 밥 먹었어?"

"분식 먹었……."

"밥 먹어야지."

"네!"

김선숙이 앞치마를 두르는 그때, 인혜의 방문이 열렸다.

"난 안 먹어!"

문이 다시 쾅! 하고 닫혔다.

"저 미친년."

김선숙이 딸에게 욕하고 나서 수연을 보며 씩 웃었다.

너한테 하는 소리는 절대 아니라는 듯.

이걸 또 어떻게 적응해야 하나…….

수연도 어색하게 웃었다.

제12장 돈 벌기

트리니티 레볼루션
Trinity
Revolution

# 제12장 돈 벌기

휭-.

어느새 거리에는 찬바람이 불어왔다.

인수는 이 찬바람이 싫었다.

떨어진 낙엽 위로 불어오는, 겨울을 알리는 이 찬바람은 인수의 가슴을 시리게 만들 정도였다.

인수는 세영의 집 근처 도서관에서 시간을 보냈다.

오늘은 혁명에 관한 책들을 몽땅 찾아와 자리에 앉았다.

세상을 뒤바꾼 혁명가들의 생애를 살펴보며, 혁명이 완성되기까지의 과정이 얼마나 고되고 험난한지를 깨달으니 숭고해졌다.

"휴우."

잠시 머리를 식히던 인수는 창밖을 보았다.

혹시라도 세영이 도서관을 찾아오면 참 좋겠다고 생각했다.

세영에게 정말 잘해 주고 싶다는 마음이 불같이 일어나 가슴 한편이 아련해져 왔다.

지금이라도 당장 만나 볼까? 곁에서만 맴돌지 말고?

잘해 준다는 게 꼭 재력을 갖추어서 물질적인 풍요로움을 주는 것만은 아닐 것이다.

그때는 여유가 없어서 못해 주었던 세영의 마음을 더 알아주고 더 많이 들어주고 공감해 주고…….

함께 있는 것만으로도 행복할 수 있다면.

하지만 인수는 곧 아차! 싶은 마음에 정신을 번쩍 차렸다.

가난으로 인해 그렇게 고생시켜 놓고는 아직도 정신을 못 차렸다고 생각했다.

"없어서 못해 주는 거랑 언제든 해 줄 수 있는 거랑은 천지차이겠지."

인수는 책을 덮고는 집중에 들어갔다.

개미들의 예상을 깨고 승승장구했었던 주식 목록을 떠올리는 것은 그다지 어려운 일이 아니었다.

하지만 당장 일확천금을 쥘 수 있는 로또번호와 날짜를 잡아내는 일은 집중이 필요했다.

회귀하기 전, 당시 이 시간을 살아갔을 때 1등으로 당첨된 로또번호를 본 기억이 있었는지 샅샅이 뒤지기 시작했다.

로또번호만 떠올리는 것으로는 의미가 없었다.

날짜도 함께 떠올려야 했다.

"후!"

하지만 순수한 집중력만으로 한순간의 장면을 잡아내기란 불가능에 가까웠다.

우우웅.

인수는 서클을 회전시켰다.

서클을 돌려 화이트존을 생성시킨 순간, 그 안에서 인수의 기억이 동영상처럼 생생하게 펼쳐졌다.

지금 이 시간, 2003년 11월 16일부터 앞으로의 기억을 2배속처럼 재생시켰다.

그러니 어려운 것은 기억을 떠올리는 것이 아닌, 화이트존 안에서 뒤죽박죽으로 엉켜 있는 시간을 직선으로 컨트롤하는 것이었다.

일상에서의 시간은 과거, 현재 그리고 미래로 직선이지만, 화이트존 안의 시간은 서로 맞물리는 일종의 원과 같았다.

어쨌든 한 번이라도 본 적이 있다면 반드시 걸린다.

하지만 11월이 다 가는 동안은 없었다.

그러다가 12월 3주째를 생활했던 장면이 지나갔을 때였다.

인수의 두 눈이 번쩍 떠졌다.

〈54회차 당첨번호(2003.12.13.)〉

1. 8. 21. 27. 36. 39 + 37.

1등 3명. 당첨금 51억씩.

"대박."

인터넷 포털 사이트를 검색하다가 그냥 스쳐 지나간 화면이 그대로 정지했다.

인수는 화이트존을 거두었다.

곧장 가방을 챙기고는 집으로 향했다.

이제 남은 일은 엄마와의 협상이었다.

◇ ◆ ◇

가정적으로 변한 김선숙 여사는 오늘도 자식들을 위해, 남편은 여전히 꼴 보기 싫어서 빼고, 못하는 요리를 열심히 하고 있는 중이었다.

"엄마!"

"오메, 내 강아지. 일찍 들왔네?"

"이거 받으세요."

"뭐야?"

인수는 선물 상자를 두 손으로 내밀었다.

김선숙의 두 눈이 휘둥그레졌다.

밖으로만 나돌다가, 가정에 힘을 쓰니 아들이 선물도 다 사 들고 들어왔다.

감동이었다.

"호호호호!"

너무 좋아서 웃음소리가 마구 터져 나오는 김선숙.

"이거 엄마 줄려고 사 왔어? 내 강아지가? 뜯어봐도 돼? 뭐야?"

"선물은 받는 즉시 뜯어보는 게 예의죠."

"맞아, 맞아."

김선숙은 두 손이 다 떨릴 정도였다.

"아이고 예뻐라!"

상자를 열어 본 김선숙은 내용물을 확인하고는 몹시 흡족한 표정을 지었다.

인수가 사 온 선물은 드라이플라워 카네이션 액자였다.

"도서관에서 공부를 하고 있는데 갑자기 엄마가 고맙다는 생각이 들었어요. 낳아 주셔서 고맙고, 이렇게 잘 키워 주셔서 고맙고……."

인수는 말을 하다가 깜짝 놀라 더 이상 말하지 못했다.

엄마의 얼굴이 울음보가 터지기 직전의 아기의 얼굴처럼 변해 있었기 때문이었다.

"인수야…… 아고 내 새끼……."

"엄마……."

"으앙."

김선숙 여사께서 감동에 젖어 어깨를 들썩거리며 흐느끼나 싶더니, 폭풍오열을 시작했다.

급기야 혼절할 지경에 이르렀다.

"엄마? 괜찮아요?"

"끄엉끄엉."

살면서 이렇게 큰 감동은 처음이었다.

어버이날도 아니건만, 카네이션 액자를 받아 든 김선숙은 닭똥 같은 눈물이 계속 터져 나와 흘러내리는 것을 멈출 수가 없었다.

아이들이 학교에서 억지로 카네이션을 만들어 와 가슴에 달아 줄 때도 그저 그랬었다.

뭐 학교에서 시키니까 하는 것이겠지, 하며 별 감흥이 없었다.

하지만 지금은 달랐다.

그동안 밖으로만 나돌았던 시간이 너무나도 미안해졌다.

그럴수록 눈물은 더 쏟아져 나왔다.

"끄어엉, 끄엉. 엄마가! 엄마가 미안해!"

그렇게 정신을 못 차릴 정도로 오열하고 있는데 아들이 말한다.

"근데요, 엄마. 제가 어젯밤 꿈이 참 신기해서 그러는데요."

"응?"

"우리 이참에 복권을 꾸준히 사 볼까요?"

"복권? 뭔 꿈인데?"

김선숙 여사의 잠자던 허영심이 다시 발동되었다.

"돼지가, 막 엄청나게 큰 돼지가 저 현관으로 들어와서는 여기 주방이랑 거실에 똥을, 똥을!"

"사야 돼! 그거 무조건 사야 돼!"

"그죠?"

"그럼! 그거 완전 대박 꿈이야."

"근데 아빠가 알면……."

"니 아빠? 니 아빠가 알면 뭐 어쩔 건데? 복권 사는 게 죄야? 그게 죄면 같이 못 살지!"

"그래도 우리가 꿈 좋다고 복권 사는 건 비밀로 하는 게 좋죠. 쓸데없는 짓 한다고 뭐라 하실 게 뻔한데. 만약에 당첨되면 그때 말해도 늦지 않아요. 끝까지 속이려 하다가 들통 나면 큰일이지."

"하긴 그렇지? 일단 엄마가 입 딱 닫을게."

못 사는 친정을 돕기 위해, 김선숙 여사는 항상 돈이 필요했다.

그럴 때마다 아쉬운 소리하며 돈을 받는 게 미안하기도

하면서도 한편으로는 짜증이 나기도 했었다.

그런데 만약 복권이 당첨된다면?

그런 일이 일어날 일도 없지만, 아들과 함께 한 가지 비밀을 공유하고 이런 상상을 하는 것만으로도 즐거운 것은 사실이었다.

"알았어요. 그러면 딱 올해 12월 13일까지만 사 보자고요."

"왜? 될 때까지 계속해야지?"

"아, 그래요?"

"그럼!"

"좋아요. 대신, 조건이 있어요."

"뭔 조건?"

"당첨되면 당첨금은 이 집안의 가장인 아빠에게 전적으로 맡긴다."

"오메. 말이라도 서운하네. 싫어!"

"에이, 엄마. 제가 말 잘해서 1억은 챙겨 드릴게요. 그 돈에는 아빠가 전혀 관여 못하게요."

"아, 싫어. 내가 당첨됐는데 그걸 왜 맡겨? 그냥 우리 아빠 몰래 반띵하자."

"그 복권 산 돈이 아빠 돈이니까, 당첨금도 아빠 돈이라고 주장하면요?"

"날강도지! 그러면 이혼이야."

"아빠 없으면 하루도 못 살면서 만날 이혼이래."

"하긴 그렇지?"

김선숙이 인수의 말을 인정하며 웃었다.

"전 그런 돈이 생기면 일단 이 집안의 가장이 맡아서 책임을 져야 한다고 생각해요."

"아고, 기특한 내 새끼! 근데 난 안 줄 거야. 절대 안 줄 거야."

"아, 하하하……."

인수가 웃자, 김선숙도 말하고는 웃었다.

"우리 아들 땜에 엄마가 요즘 기분이 너무 좋네."

"저도요."

인수는 엄마를 꼭 안아 주었다.

김선숙은 아들에게 안긴 채로 카네이션 액자를 보았다.

로또 따위 필요 없었다.

정말 행복한 시간이었다.

하지만 12월 13일.

51억에 당첨된 사실을 확인했을 때 김선숙은 손을 벌벌 떨며 인수가 해 주었던 당부는 안중에도 없이 남편에게 전화부터 걸었다.

인수는 내 이럴 줄 알았다는 표정으로 엄마를 진정시키기 위해 물을 한 컵 따라 왔다.

"나 몰라. 나 어쩌면 좋아. 이거 진짜야? 이거 진짜 맞아? 이게 꿈이야 생시야?"

"엄마 일단 침착하세요. 이 물 드세요."

김선숙은 아들이 건네주는 컵을 받아 들고는 한숨에 들이켰다.

후우 하며 숨을 몰아쉬어도 진정이 되지 않았다.

"지금 어떻게 침착하니? 응? 네 아빠 빨리 들어오시라 해. 엄마 무서워 죽겠어. 왜 이렇게 춥지?"

오한이 든 것처럼 몸이 달달달 떨려와 이불을 뒤집어쓰는 김선숙 여사.

"엄마. 로또 때문에 이혼한 가정 많은 거 알죠?"

"응?"

새파랗게 질려 있던 김선숙 여사의 얼굴에 다시 생기가 돌아왔다.

정신이 번쩍 들었기 때문이었다.

"에이, 설마 이 돈 땜에 네 아빠랑……."

이제야 김선숙 여사의 머리가 빠르게 회전하기 시작했다.

그동안 돈 때문에 당한 것을 생각하니 복수하고 싶어졌다.

"진짜 숨겨야 하나?"

"숨겼다가 알게 되면 더 열 받죠. 아빠 성질에 50억이고 뭐고 갈라설걸요?"

인수는 미성년자로 복권을 살 수가 없기에 여기까지 내

다본 것이었다.

"그래도 주기 싫은데? 이거 내 돈이야!"

"일단 가족회의를 열죠."

그렇게 가족회의가 열렸다.


어이가 없다는 표정으로 말하는 박지훈.

"장난해? 이 여편네가 할 일이 없으니까 바쁜 사람 불러다 앉혀 놓고 한다는 소리가."

이제는 거만한 얼굴로 박지훈을 내려다보는 김선숙.

그리고 쳇, 하면서도 복권 확인을 원하는 인혜.

"만지지 말고 눈으로만 봐."

김선숙 여사가 복권을 꺼냈다.

탁자 위에 올렸는데 그 끝은 여전히 손으로 붙잡고 있는 상태로 먼저 뒷면을 보여 주었다.

자신의 이름과 주민등록번호가 기록된 사실을 천명하는 것이었다.

"아 빨랑 뒤집어 봐! 장난하기만 해 봐!"

이쯤 되니 인혜가 앙칼지게 소리쳤다.

박지훈은 팔짱을 꼈다.

지금까지와는 다르게 전혀 보지 못했던 모습을 보여 주는 아내와 진지한 표정의 아들로 인해, 이건 절대로 장난이 아니라는 사실을 피부로 느끼고 있었다.

"봐라!"

김선숙의 고함과 함께 드디어 복권이 뒤집어졌다.

박지훈의 두 눈이 동그래졌다.

인수가 가족회의를 하기 전에 이미 거실의 컴퓨터 모니터에 로또 당첨번호를 띄워 놓은 상태였기 때문이었다.

"몇 개가 비슷한데……."

설마 1등은 아니겠지 하는 마음으로 말했다.

"몇 개는 무슨."

김선숙이 콧방귀를 뀌었다.

박지훈은 침을 꼴깍 삼키며 일어나 모니터를 보았다.

여섯 개의 숫자를 하나씩 확인하고 다시 탁자로 돌아와 복권의 번호를 확인했다.

정신이 혼미해졌다.

"이리 줘 봐."

"됐거든?"

"됐거든? 말이 짧네?"

"요! 요요요!"

김선숙이 남편의 눈앞에서 복권을 팔랑거리며 외쳤다.

"아, 좀 줘 보라고! 확인 좀 하게!"

"만지지 말고 봐요!"

"와, 진짜 더럽게 구네."

"그럼 보지 말든지."

"이 여편네 진짜 말 짧아지는 거 봐라?"

"요! 요요요요!"

"됐어! 안 봐! 더러워서 안 봐! 혼자 잘 먹고 잘 살아라!"

박지훈은 열이 받아 냉장고 문을 열고는 소주를 찾았다.

"아빠."

인수가 조용한 목소리로 아빠를 불렀다.

"왜!"

"앉아 보세요."

"아, 됐어! 필요 없어!"

"아빠 술 드시면 지금 가족회의 못 해요."

"네 엄마가 지금 사람 열 받게 하잖아."

"봐요, 봐!"

소주를 손에 쥐었던 박지훈이 히, 웃으며 냉큼 달려왔다.

"줘 봐."

박지훈은 아내로부터 복권을 받아 들고는 모니터 앞에 섰다.

인혜가 동그래진 눈으로 뒤에서 확인에 들어갔다.

"헐, 대박."

인혜가 자기도 모르게 내뱉었다.

박지훈은 입이 떡 벌어졌다.

아무런 말도 할 수가 없었다.

보고 또 보아도 1등이었다.

"세 명이래요. 51억. 세금 떼면 뭐……."

인수가 설명해 주려 하는 그때, 박지훈이 돌아서서 두 팔을 활짝 벌렸다.

"여보! 아니 선숙아!"

"여보!"

김선숙은 박지훈의 두 팔을 향해 달려가 쏙 안겼다.

"아이고 이 복덩이! 아이고 내 복덩이!"

"여보 나 잘했쪄?"

"잘했어! 잘했어! 진짜 잘했어!"

인수는 부모님이 서로 얼싸안고 팔짝팔짝 뛰는 것을 보고는 멍해졌다.

"진짜 사랑하긴 하나 봐……."

인혜도 같은 맘인지 인수가 할 말을 대신하고 있었다.

"내 말이……."

김선숙은 계속해서 남편에게 애교를 떨었다.

"나 예뽀?"

"예뻐! 겁나게 예뻐!"

"나 최고야?"

"최고야! 최고!"

박지훈은 김선숙을 다시 번쩍 안아 들고는 뱅뱅 돌았다.

부모님의 행복한 웃음소리가 끝나지를 않았다.

"엄마! 나 이제 쌍수랑 옆트임 할 수 있는 거야?"

인수의 입가에도 행복한 미소가 피어오르다가 인혜의 발언에 딱 굳어 버렸다.

"저 미친년이!"

"아 언제는 돈 없어서 못 해 준다며! 이제 공돈 생겼으니까 해줘! 아, 해 줘! 해 주라고!"

인혜도 인수처럼 쌍꺼풀이 없지만 인수처럼 찢어진 눈매는 아닌지라 작아 보이는 눈이 언제나 불만이었다.

"오메 저 미친년. 연덕빠진 년. 권대가리 없는 년. 총찬한 년. 저 가시나는 언제 철들라나."

"아, 해 줘! 해 주라고! 해 주란 말이야!"

인수는 인혜에게 엮일까 봐 조용히 자기 방으로 들어갔다.


며칠 뒤.

인수의 방으로 조용히 들어온 박지훈은 통장 하나 카드를 건네주었다.

"인혜도 똑같이 만들었다. 근데 인혜 통장은 성인이 될 때까지 아빠가 직접 보관할 거야. 아들은 아빠가 믿어."

"네. 감사합니다."

통장을 펼쳐 보니 2억이 찍혀 있었다.

"그건 학자금 생각해서 2년 적금으로 묶어 둔 거고. 뒤에 펼쳐 봐."

인수는 통장의 뒷면을 펼쳐 보았다.

하나의 통장이지만 앞쪽은 2년 약정 적금이고, 뒤쪽은
입출금이 자유로운 예금이었다.

거기에는 1,000만 원이 찍혀 있었다.

"경제 개념도 인성이라더라. 돈 개념이 없는 사람은 인성
이 잘못된 사람인 거지."

"네, 아빠. 명심할게요. 큰돈이 쉽게 생겼다고 흔들리지
말고, 우리 가족 더 큰 미래를 볼 수 있게 노력하자고요."

인수가 말하며 웃었다.

"그래야지! 역시 내 아들이야. 고맙구나. 네가 있어서 정
말 얼마나 든든한지."

"저도요."

인수는 돈보다는 아빠와의 유대가 더 강해진 것이 좋았
다.

의자에서 일어나 남자끼리 끈끈하게 포옹을 했다.

이제는 박지훈도 아들과의 포옹이 그리 어색하지 않았
다.

"근데요, 아빠."

"응?"

"엄마는 얼마 챙겨 주셨어요?"

"네 엄마?"

박지훈이 씩 웃으며 말했다.

"네 엄마는 이 아빠 사랑만 받아도 충분해. 내가 지금 엄청 잘해 주고 있어."

인수의 얼굴이 순간 굳었다.

"아, 하하하. 엄마도 그런 목적으로 아빠한테 잘하고 있을걸요?"

"그런가?"

"그럼요. 인혜도 마찬가지고요."

"인혜랑 이 여편네가 돌변해서 반땅 어쩌고저쩌고 하면 나도 가만 못 있지. 내가 그동안 먹여 살린 게 얼만데."

"아빠."

"응?"

"제가 한 가지 팁을 드릴게요."

"팁?"

"인혜나 엄마나 주장하는 것 뒤에는 항상 숨은 목적이 있어요. 사람들은 다 그래요. 아빠는 그걸 간파하시고 그 욕구를 충족시켜 주셔야 돼요."

"숨은 목적?"

"인혜는 지금 당장 쌍수랑 옆트임을 원하고 있지만, 그 뒤에는 예뻐지고 싶은 욕구가 있는 거고. 엄마가 돈을 필요로 하시는 욕구에는 외갓집 문제가 있는 거죠."

"그러네."

박지훈이 고개를 끄덕였다.

"인혜는 지금 당장 수중의 돈보다는 부모님의 허락이 떨어지는 것이 중요한 거고, 엄마는 외갓집을 돕고 싶은 거죠."

"맞네, 맞아. 솔직히 아빠도 회사 어렵고 힘들 때 네 엄마가 뒤에서 몰래 친정 도와주는 것 때문에 열 받아서 싸우고 그랬는데. 지금 생각해 보면 그게 또 미안하기도 하네. 도와줄 수 있을 때 도와줘야지. 근데 네 동생 얼굴 만지는 거. 그거는 진짜 아빠는 용납 못해. 그런 건 내 사전에 없어."

"아빠. 세상이 많이 변했어요. 그리고 자식 이기는 부모 없고요. 결국엔 하게 될 거니까 지금부터 관심 가져 주시고 좋은 병원 찾아주시는 게 현명하다고 생각해요."

"안 돼! 절대 안 돼! 어디 얼굴에 칼을 대?"

"그러면 이렇게 하는 건 어때요?"

"어떻게?"

"얼굴을 만지는 방법도 여러 가지가 있을 거예요. 일단 친정을 돕고 싶어 하는 엄마의 욕구를 들어주시면, 엄마는 절대 당첨금의 절반을 요구하는 일은 없을 거예요."

"음……."

"그 다음 인혜의 욕구는 엄마에게 위임하는 거죠. 그러면 아빠는 두 가지 문제가 다 해결되는 거죠."

"그러면 인혜는?"

"엄마와 인혜가 좋은 병원을 찾아보는 과정에서 최선의

방법을 모색해 가겠죠. 굳이 칼을 대지 않고도 예뻐지는 방법이 있을 거고요."

"와!"

박지훈은 자기도 모르게 탄성을 내질렀다.

"와! 너 진짜 내 아들 맞아?"

"전 영원히 아빠 아들이랍니다."

"대단해. 진짜 대단해 우리 아들. 내가 아들한테 협상이 뭔지를 배우네. 이거 잘 적용하면 내년 임금협상에서도 유용하겠어."

"그리고요, 아빠. 제가요 요즘 주식을 좀 알아보고 있는데요."

활짝 펴졌던 박지훈의 얼굴이 급격하게 굳어 갔다.

"인수야. 그건 아니다. 주식투자 함부로 하는 게 아니야. 개미들은 절대로 그 바닥에서 성공할 수가 없어."

"네, 알겠습니다. 허튼 생각 안 하고 일단 공부에만 전념할게요."

"그래."

아빠가 나간 뒤, 인수는 역시나 하는 표정으로 웃었다.

이런 쪽에서 파트너는 엄마가 최고였다.

이제 또 엄마를 설득해 아빠 몰래 주식투자를 시작할 시간이 된 것이다.

세영의 집 근처 도서관.

찬바람으로 가슴이 시린 인수는 요즘 현실 문제에서 벗어나 사후세계를 탐닉하는 중이었다.

그것은 한 가지 풀리지 않는 질문 때문이었다.

답이 돌아오지 않는 영원한 질문.

우리의 영혼은 어디에서 와서 어디로 가는 걸까?

위소와 바수라의 영혼은 어디에서 왔을까?

그리고 지금 내 영혼은 어디로 가게 될까?

하지만 인수의 이런 질문을 해결해 주는 책은 그 어디에도 없었다.

중요한 것은 삶과 죽음에 관한 자신의 가치관을 잘 잡아야 한다는 것.

인수는 이런 결론을 내릴 수밖에 없었다.

책을 덮고 창밖을 보는데, 세영이 생각났다.

세영이 한 번쯤은 친구들과 함께 도서관에 올 법도 한데…….

이런 생각을 하고 있는데, 전화기가 진동했다.

확인해 보니 수연이 문자를 보내왔다.

-인수 오빠. 뭐하세요?-

"인수 오빠?"

수연은 한창 춤 연습을 하다가 잠시 쉬는 중이었다.

컴퓨터로 발라드를 틀다가 문득 궁금한 것이 생겨서 인터넷을 검색해 보았다.

들키지 않고 상대방 마음 확인하는 법.

가까워지는 법.

친해지고 싶으면?

수연은 검색결과를 확인했다.

친해지고 싶은 사람이 있으면 그 사람의 이름을 자주 불러라.

밝은 모습을 보여라.

들키지 않게 스킨십을 시도하라.

꼭 만나야 할 이유를 만들지 말고 편하게 지금 뭘 하고 있는지 물어보라.

가벼운 내용의 문자로 자주 연락하라.

그래서 오빠 앞에 인수를 붙인 것이다.

인수가 수연의 문자를 확인하는 그때 인혜가 보낸 문자가 도착했다.

-대박. 엄마가 병원 같이 알아보자네? 도대체 너 무슨 짓을 한 거냐!·· 땡큐.-

인수는 픽 웃었다.

-이번에 좀 예뻐져라.-

인혜에게 문자를 막 보냈는데 윤철에게 전화가 걸려 왔다.

인수는 방해가 되지 않도록 재빨리 몸을 빼내 밖으로 나왔다.

[그새 잊었어? 오늘 충무관에서 맞춰 보기로 했잖아?]

"아…… 오늘이었어?"

[그럴 거 같더라. 그래서 미리 전화했지. 늦지 않게 와.]

"그래. 고마워."

전화를 끊은 인수는 가방을 챙기기 위해 들어가려다가 문득 멈추고는 다시 전화기를 빼 들었다.

수연의 문자.

인수는 수연에게 전화를 걸었다.

[인수 오빠. 안녕하세요!]

"수연아."

[네, 인수 오빠!]

"아…… 그 앞에 인수 좀 빼면 안 될까?"

[네? 아…… 네. (들킨 건가?)]

"저기 오늘 나 좀 도와줄 수 있어?"

[네? 어떤 거요?]

"저번에 춤……"

[얼마든지요!(밝은 모습!)]

"근데…… 나 혼자가 아니라……."

[……?]

"오늘 학교에서 친구들이랑 안무 맞춰 보기로 했거든."

[……]

"네가 우리 학교 오기는 좀 그렇지?"

[네…… 그렇죠.]

"혹시 학교 말고 다른 데서 하면 와 줄 수 있어?"

[……어디요? 몇 명…… 아니 몇 분인데요?]

"다섯 명이고. 음…… 장소를 어디로 옮기지?"

[다섯…… 분이요……. 아, 네.]

"괜찮겠어?"

[네…… 아, 네. 뭐…….(뭐지? 이걸 어떻게 받아들여야 하지?)]

"근데 어디가 좋지?"

[노래방이죠 뭐.]

"노래방? 학생 출입금지 아냐?"

[학생이어도 괜찮은 데가 있어요.]

"그거 불법 아냐?"

[오빠는…… 노래방 한 번도 안 가 보셨어요?]

"우리 때는 학생은 무조건 다 출입금지였는데? 아닌가?"

[네?]

"아냐. 어디 아는 데 있어?"

[네. 우리 친구들 자주 가는 데 있어요.]

"알았어. 그러면 잠깐 통화 좀 해 보고. 다시 전화 할 테니까 거기 좀 알려 줘."

[네, 오빠!]

인수는 전화를 끊고는 다시 윤철에게 전화를 걸었다.

"윤철아. 장소를 변경해야 할 거 같은데?"

[왜?]

"특별 강사님을 초빙하려고."

[강사? 웬 강사?]

"연습생인데."

[연습생! 우와! 어디? 대형소속사야?]

"아, 하하하. 아트만골드라고 넌 잘 몰라."

[남자? 여자?]

"여자지."

[우와! 우와! 진짜야? 어떻게 알았어? 옮겨야지! 당연히 옮겨야지!]

"좋았어. 우선 장소 잡고 다시 전화 줄게."

[알았어, 알았어!]

인수는 전화를 끊고는 다시 수연에게 전화를 걸었다.

"어, 수연아."

[네, 오빠!]

"아까 네가 말한 그 노래방이 어디야?"

[오빠, 우리 회사 알아요?]

"알지."

[그 건물 건너편에 와우 노래방이라고 있어요. 거기 괜찮

88 트리니티 레볼루션
Trinity
Revolution 2

아요.]

"오케이. 그러면 이따가 다섯 시에 거기서 보자. 와 줄 수
있지?"

[네……? 다섯 시요?]

"다섯 시 안 돼?"

[아…… 아니요. 아니에요. 근데요…… 친구들이…….]

"친구들?"

[옆에서 듣고…….]

"오라고 해."

[네? 아…… 네. 잠시만요. 진짜 같이 갈 거야?]

옆에서 응, 응 하며 대답하는 소리가 들려왔다.

[오빠?]

"어."

[친구들이 좀 짓궂어서…….]

"괜찮아. 강사님이 많을수록 우리야 좋지. 근데 몇 명이
오는 거야?"

[다섯 명이요. 저 포함해서.]

"딱 좋네. 우리도 다섯이거든."

[알았어요. 그러면 이따 거기서 봬요.]

"그래."

인수가 전화를 끊는데, "다섯 시면 우리 이러고 가야
돼?"라면서 수연을 나무라는 소리가 들려왔다.

아마 연습이 막 끝나는 시간인가 보다.

인수는 다시 윤철에게 전화를 걸었다.

"장소 변경한다."

특별강사가 다섯이라는 말까지 더하자, 윤철은 꽥! 거리는 비명을 내지르며 전화를 끊고는 친구들에게 이 기쁜 소식을 알렸다.


◇ ◆ ◇


와우 노래방.

오후 5시가 되자, 정윤철을 포함해 아이들은 자신들이 부릴 수 있는 최고의 멋을 한껏 부린 상태로 하나둘 모여들었다.

하나같이 다 들떠 있는 것이, 연습은 안중에도 없어 보였다.

경석의 얼굴은 온통 수줍은 안경만 보였고, 지석은 멋을 부린다는 게 아버지 옷을 입고 나왔나 보다.

"어떻게 된 거야? 진짜야? 아이돌 어디 있어?"

"아이돌은 무슨. 연습생이라잖아!"

"어쨌든 인수가 짱이야! 지금 안에 있는 거야? 들어가자!"

"아 이 쌍석들하고는. 야! 정지석! 너는 옷이 이게 뭐냐? 아빠 옷 입고 나왔냐?"

"참 나. 넌 뭐 상태가 좋은지 아냐?"

인수가 친구들이 서로 티격태격하며 장난치는 것을 보고는 웃고 있는데 노래방 입구 옆으로 수연과 친구들이 도착했다.

모두들 약속 시간을 지키기 위해 부랴부랴 달려 나온 것처럼 보였다.

어떤 아이는 숨을 거칠게 내쉬었고, 어떤 아이는 나 어떡해? 하면서 머리를 만졌다.

또 누구는 뒤돌아 유리창을 보며 자신의 상태를 점검하기도 했다.

"오빠…… 안녕하세요?"

수연이 친구들 사이에서 쑥스럽게 인사했다.

수연도 숨을 헐떡거렸다.

인수가 수연의 친구들을 보니, 누구 하나 예쁘지 않은 아이가 없었다.

모두 건강미 넘치고 총명해 보이는 것이 젊음이라는 말을 새삼 떠올리게 만들었다.

다섯 명의 여자아이들 중에 두 명이 눈에 확 띄었다.

원래 옷을 저렇게 화려하게 잘 입는지, 아니면 신경을 쓰고 나온 건지 인수의 눈에 무척 튀어 보였다.

수연을 포함한 세 명은 그냥 평범한 연습복 차림이었는데, 첫눈에 화려함은 보이지 않았지만 뜯어 보면 모두 다

대단한 몸매와 예쁜 얼굴의 소유자였다.

"인사는 들어가서 할까?"

인수가 말하고는 앞장섰다.

뒤따라 들어가는 윤철은 입가에 웃음꽃이 피어나려 하자, 억지로 입술을 다물며 참았다.

하지만 좋아 죽겠다는 표정을 숨길 수가 없었다.

◇ ◆ ◇

안으로 들어가자 어색한 분위기로 인해 인수가 테이블 한쪽을 붙잡고는 말했다.

"이걸 뒤로 붙여야겠지?"

"맞아. 공간을 확보해야지."

얼떨결에 모두가 탁자를 붙잡고는 들어 올려 뒤로 붙였다.

공간이 확보되자 모니터를 기준으로 자연스럽게 양쪽으로 나누어졌다.

"자. 먼저 어색함을 없애기 위해 자기소개부터 어때?"

"그래 너 먼저 해. 너 먼저."

윤철이 말하자 수연의 친구들이 까르르 웃었다.

윤철은 기분이 좋은지 마이크를 빼 들고는 인수에게 건네주었다.

"아, 아아. 꼭 마이크 잡고 해야 돼?"

남자아이들이 고개를 끄덕이자 여자아이들도 고개를 끄덕이며 웃었다.

남자들은 몸이 굳어 거의 부동자세로 서 있지만, 여자아이들은 자기들끼리 서로 팔짱을 끼고 있기도 하고, 뒤에서 백허그를 하고 있기도 한 것이 편해 보였다.

여자아이들끼리의 습관적인 스킨십도 있겠지만, 인수와 친구들이 그냥 평범해 보이는 것도 작용한 것이리라.

그와 반대로 인수의 친구들이 굳어 있는 것은 어색함보다는 다들 하나같이 숙맥인 데다가 여자아이들이 너무나도 예쁘기 때문이었다.

"알았어. 먼저 이 자리에 특별강사로 응해 주신 수연이와 친구분들에게 무한한 감사를 드리고 또 이렇게 모시게 되어 영광입니다. 먼저 내 소개를 하자면. 난 박인수. 백학고 1학년이고……."

1학년이라는 말에 수연의 친구들이 웅성거리기 시작했다.

저게 어디 봐서 1학년이야?

다들 이런 뉘앙스였다.

"아, 하하하. 내가 좀 겉늙어서…… 한약을 잘못 먹고."

분위기가 썰렁해졌다.

인수는 헛기침을 하며 말을 이었다.

"암튼 여기 수연이는 내 여동생 친구. 우리 집에 놀러 왔을 때 축제 안무 좀 봐 달라고 내가 부탁했거든. 다시 말하지만 모두 와 줘서 고맙고 오늘 잘 부탁할게. 고마워."

"박수!"

윤철이 말하며 박수를 치자 모두 다 박수를 쳤다.

다음은 윤철에게로 마이크가 넘겨졌다.

그렇게 각자 소개가 끝나고 본격적인 안무 연습에 들어갔다.

먼저 인수와 친구들이 노래에 맞춰 안무를 따라했다.

여자아이들은 포복절도하며 뒤집어졌고, 1절도 가지 못한 상태로 중단되었다.

수연과 친구들이 마구잡이로 코치를 시작하자, 인수는 정신을 차릴 수가 없었다.

인수뿐만이 아니라 모두 다 정신이 안드로메다로 날아갔다.

"잠깐, 잠깐! 이러면 안 되겠고. 내가 제안을 할게. 30분 동안 일대일 개인 트레이닝 시간을 가진 뒤에 다시 맞추어 보는 걸로. 어때?"

모두 다 우왕좌왕인지라 인수의 제안에 적극 동조했다.

"내가 이 오빠 맡을게."

"나는 이 오빠."

몇 명은 서로 쉽게 파트너가 되었지만, 몇 명은 짝을 이루지 못했다.

특히 경석이와 윤철이…….

그러자 수연이 직접 나서서 짝을 지어 주었다.

그렇게 서로 구석에서 개인 트레이닝을 거친 다음 다시 안무를 맞추어 보았다.

많이 삐거덕거렸지만 그래도 완주에 의미를 둘 수가 있었다.

노래가 끝나자 모두 다 박수를 쳤다.

그렇게 반복연습에 들어갔다.

특히 수연은 들키지 않는 스킨십이라는 말이 자꾸 떠올랐는데, 차라리 잘되었다고 생각했다.

인수는 시간이 끝나 가면 다시 카운터에 가서 시간을 연장했고, 음료수를 쟁반에 가득 들고 들어왔다.

그렇게 3시간이 훌쩍 지나갔다.

하나의 목표 앞에서, 아이들은 서로 쉽게 친해졌다.

잠시 쉬어 가며 각자 노래를 불렀고, 수연과 친구들이 걸 그룹처럼 쇼 타임을 보여 주자 열광의 도가니에 빠졌다.

각자 돌아가며 노래를 불렀다.

인수가 노래를 부를 때 수연은 단 한순간도 인수에게서 시선을 떼지 못했다.

수준급으로 잘 부르는 노래는 아니었지만, 왠지 모르게 아련함이 다가왔다.

"떠나가지 마 고운 내 사랑. 아직 내 곁에 있어 줘야 돼."

세영이 가장 좋아했던 노래였다.

인수는 울컥해 오는 감정을 겨우 억누르며 노래를 끝마쳤다.

"어이구. 분위기 망치는 데 선수네."

윤철이 말하더니 캔을 벌컥벌컥 들이켰다.

인수가 머리를 긁적거리자 수연이 웃으며 작은 박수를 보내 주었다.

# 제13장 짝사랑

# 트리니티 레볼루션
## Trinity
## Revolution

## 제13장 짝사랑

　인수와 수연은 찬바람을 맞으며 나란히 길을 걸었다.

　수연은 용기를 내 인수에게 집까지 데려다 달라고 말했고, 인수는 그러면 걷자고 흔쾌히 대답했다.

　수연도 원하던 바였던지라 기쁜 마음을 감출 수가 없었다.

　하지만 걷는 동안 수연은 생각에 잠겨 있었고, 망설이던 끝에 물었다.

　"오빠. 저 묻고 싶은 게 일 있는데요."

　"응?"

　인수는 고개를 돌려 수연을 내려다보았다.

　세영을 생각하던 중이었다.

"화내지 마세요. 일이에요, 딱 일!"

"……?"

"오빠 혹시 사귀는 사람 있어요?"

당돌하네……. 인수는 잠시 대답을 하지 못했다.

"사귀는 사람은 없는데……."

"없는데……."

수연이 말끝을 따라했다.

"좋아하는 사람은 있어."

이번에는 수연이 잠시 말하지 않았다.

수연은 발을 멈춘 상태였다.

인수도 발을 멈추고는 뒤돌아보았다.

"누군지 물어봐도 돼요?"

들키면 안 되는데 하면서도, 수연은 이 정도의 질문은 충분히 괜찮다고 생각했다.

"물어보고 있으면서?"

수연이 애써 웃었다.

"사진 함 봐요! 있으면 한번 보여 주세요!"

"없는데?"

"누군지 궁금하다……."

"넌 말해 줘도 모르는 사람이야."

"……."

여기서부터 인수의 두 눈이 동그랗게 커지기 시작했다.

지금까지 알고 있었던 수연의 캐릭터에 급작스러운 변화가 생겨났기 때문이었다.

　"후! 오빠는요 가끔 보면 답답해요. 진짜 나이 엄청 먹은 아저씨 같다고요. 제가 지금 궁금해하는 사람. 당연히 제가 모르는 사람이겠죠. 아, 오빠가 좋아하는 사람을 제가 어떻게 알겠어요. 그러니까 그 사람에 대해서 알고 싶다는 말인데, '너는 말해도 몰라.' 이렇게 딱 잘라 말해 버리면 제가 더 이상 무슨 말을 어떻게 해요? 네?"

　얘가 이렇게 당찬 아이였나?

　항상 수줍어하고 공손하게 말하던 그 아이는 어디 갔지?

　"오. 수연이 말 잘하네?"

　헐…….

　지금 수연이 짓고 있는 표정이었다.

　"아니요…… 오빠, 그게 아니고요……."

　수연은 머리를 흔들었다.

　두 주먹을 꽉 쥐고는 발을 동동 구르는 것이 정말 귀여웠다.

　"응?"

　"아니, 그게 그러니까……."

　"얘가 왜 이래?"

　인수의 말에 수연이 입술을 깨물었다.

　스스로 꾹 참고 있는 것이리라.

"후. 알았어요. 제가 괜한 걸 물어본 것 같네요. 죄송해요. 어떤 분이세요? 오빠가 좋아하는 그분."

수연은 착하고 공손한 아이지만, 자존감이 높고 자신이 쟁취하고자 하는 것들 앞에서는 강한 아이였다.

거기에는 사랑도 포함되었다.

"음. 일단 착해. 착하고 예쁘고. 살림 잘하고. 어쩌면 너랑 비슷한 거 같아."

"네? 뭐가요? 아니, 어떤 부분이요?"

"어린 거 같아도 강해. 새로운 일에 뛰어들 때에도 망설이거나 주저하는 게 없고. 특히 신비? 뭐 미스터리 같은 그런 거에 관심이 많은데, 호기심이랑 모험심이 굉장히 강하고 생각보다 훨씬 뜨겁다고 해야 할까? 겉보기와는 정말 달라. 근데 또 안으로는 모성애가 참 강해. 그런 말 있잖아? 애가 버스에 깔리면 엄마는 그 버스를 들어 올린다고."

인수는 세영을 떠올리며 생각에 잠겼다.

"어쩌면 세영이는 모험심이 많은 여자 이전에 그런 엄마일 거야."

남자만 잘 만났어도…… 이 말은 하지 못했다.

횡.

찬바람이 불어왔다.

인수의 마음을 슬프게 하고 시리게 만드는…….

"세영?"

"응. 김세영."

"이름 알아냈다."

수연이 히히, 하며 어색하게 웃었다.

"뭐야."

"근데요, 방금 오빠가 한 말 사실 무슨 말인지 잘 모르겠어요."

"응?"

"1년 차인데…… 이상하게 다른 오빠들이랑은 다르게 오빠랑은 나이 차이가 너무 나는 거 같아요."

"내가 사실 좀 그래."

"맞아요. 오빠 사실 좀 그래요."

인수는 수연을 다시 보았다.

이게 진짜 나를 어려워하는 건지, 아니면 진짜 어려서 오히려 편안해하는 건지.

하긴 뭘 어떻게 해도 다 용서가 되는 표정으로 저렇게 바라보면 인수도 어쩔 수가 없는 노릇이었다.

"뭐 어쨌든…… 전 아닌데요. 전 일도 안 강해요…… 그냥 춤이나 출 줄 알지."

"아냐. 비슷해."

"전…… 춤 말고는 할 줄 아는 게 일도 없어요."

"없는 게 아니라 모르고 있는 거겠지."

"그럴까요?"

"앞으로 엄청난 모험을 하게 될 거야."

"제가요? 어디로요?"

"이 나라 문화산업에서 엄청난 모험을 할 거야. 아니 활약인가? CF, 영화, 드라마, 예능에 뭐…… 암튼 두고 봐."

"전 잘 모르겠어요. 빨리 돈 벌고 싶어요."

"어허…… 어린 게 너무 돈돈 거리는 거 안 좋아."

"네……."

"미래를 볼 수 있으면 좋겠지?"

인수가 씩 웃었다.

"당근 일빠따! 근데 그 미래가 엉망이면 어떡해요?"

수연의 얼굴이 우울해졌다.

"왜 그렇게 자신이 없어? 아까 당차게 말하던 수연이는 어디 갔지?"

"네? 아…… 그거는…… 아, 몰라요."

수연이 토라져서는 앞서가 버리자, 인수는 조용히 그 뒤를 따랐다.

그렇게 한참을 따라가고 있는데 수연이 뒤돌아섰다.

휭, 하니 찬바람이 불어왔다.

곧 첫눈이 내리기라도 할 것처럼 쌀쌀한 날씨였다.

인수는 세영의 얼굴이 떠올랐다.

첫눈을 올려다보던 그 핼쑥한 얼굴.

'왜?

'그냥…… 첫눈 보니까 묵은 감정들이 다 날아가는 거 같아서.'

아무것도 해 준 게 없다.

그렇게 잔인하고 슬프고 차가운 죽음에 이르게까지 만들었다.

그러면서 난 지금…….

"근데요, 그분 몇 살이에요? 오빠랑 갑? 아니면 제 또래? 아니면 연상?"

"나랑 갑. 송월여고 1학년."

"송월여고? 우와, 어떻게 거기까지 알게 되었어요? 소개팅?"

"봉사 갔다가."

"봉사요? 아, 봉사활동."

"노인복지관에서 한눈에 보고 반했어."

앞으로 4년 뒤에 일어날 일이다.

"고백…… 했어요? 고백했구나! 고백했어. 백퍼 했어."

"아직."

"아…… 그렇구나."

침착하지 못하고 혼자 들썩거리던 수연이 잠시 망설이던 끝에 말했다.

"전 오빠가 빨리 고백해야 한다고 생각해요."

"그래?"

"짝사랑은 힘든 거잖아요."

"짝사랑? 짝사랑 아닌데?"

"네?"

수연의 표정이 다시 혼란스러워졌다.

이 오빠 진짜 왜 말을 자꾸 왔다갔다 뒤집지? 그런 표정
이었다.

"그분도 오빠를 좋아해요?"

"아…… 그게 지금은 아닌데……."

"아, 뭐예요. 그러니까 더 이상 그런 희망고문당하지 말
고 빨리 고백하세요. 기면 기고 아니면 아닌 거지."

"그래? 그럼 뭐라고 하지?"

인수는 수연을 보며 '아직 애는 애구나…….' 라는 생각
이 들었다.

"그냥 오빠 마음속에 있는 말?"

"내 아를 낳아도?"

헐…….

수연이 인수의 썰렁한 개그에 할 말을 잃은 표정이다.

"농담이야, 농담."

인수가 픽 웃으며 다시 앞서 걸어갔다.

수연은 인수의 뒷모습을 한동안 바라보다가 자신은 안중
에도 없다는 느낌에 쓸쓸해졌다.

"같이 가요."

"빨리 와."

수연이 입술을 삐죽거렸다.

이미 자신의 마음을 다 들켜 버린 기분이었다.

하지만 인수는 보지 못했다.

곧 첫눈이 내릴 것만 같았다.

인수의 머릿속에는 슬픈 눈으로 하늘을 올려다보던 세영의 얼굴만이 자리 잡고 있을 뿐이었다.

◇ ◆ ◇

기말고사가 끝났다.

학생주임을 비롯해 선생님들은 모두 다 교장 선생님에게 호출을 당했다.

"도대체 문제를 어떻게 출제했기에 올백이 또 나옵니까? 이건 말이죠, 학생을 칭찬할 문제가 아니라 선생님들 자질을 의심해 볼 문제입니다."

선생님들은 하나같이 억울하다는 표정이었다.

인수가 잘나서 단 한 문제도 틀리지 않는 것을 어쩌란 말인가?

"아무튼 이 학생 또 올백이라는 점수가 나오면 그 땐 선생님들 다 사유서 제출하셔야 합니다. 알겠어요? 고등학교에 올백이 어디 있습니까? 그것도 두 번이나."

"네, 알겠습니다."

"그리고 여기 경시대회 참가자 명단 보니까 계속 같은 학생들인데. 왜 이런 정보는 전체적으로 공개하지 않고 일부 학생들 먼저 알려 줘서 소수에게만 기회를 주는 겁니까?"

"그게…… 학교를 위해서도 잘하는 상위권 애들이 나가는 게 맞는……."

학생주임이 우물쭈물 대답하는 것을 교장 선생님이 말을 끊었다.

"아닙니다. 그게 아닙니다. 학교가 발전하기 위해서는 모든 학생들에게 골고루 기회가 주어져야 합니다. 4등급 학생이 이런 데 나가서 상 받으려고 노력하고 또 상 받고 그러면 성적 올라가고 그런 게 다 상이 주는 매력 아닙니까? 이걸 왜 상위권 학생들만 독차지한단 말입니까?"

"4등급이 나가서 1등급을 상대로 상을 받는 건 불가능……."

"어허! 그런다고 3등급 아래 학생들을 버려요? 기회조차 주지도 않고?"

교장 선생님이 버럭 화를 냈다.

"아니, 버리는 것이 아니라…… 알겠습니다."

"그만, 나가 보세요."

"네."

선생님들은 쩝 하는 표정으로 대답을 하고 교장실을 줄줄이 빠져나오다가 문 옆에 서 있는 인수를 보았다.

"너도 부르시더냐?"

담임 선생님이 물었다.

"네."

"들어가 봐. 근데 우리가 뭘 잘못했지?"

선생님들은 고개를 갸우뚱거리며 인수를 스쳐 지나갔다.

인수는 노크를 하기 전 교장 선생님의 말을 떠올렸다.

모두에게 기회를 주어야 한다.

똑똑똑.

인수가 노크를 하자 안에서 대답이 들려왔다.

"안녕하세요?"

인수가 문을 열고 들어서며 인사를 했다. 그러자 교장 선생님이 인수를 보고 반응했다.

"오! 우리 올백! 전설! 어서 들어와!"

교장 선생님은 접대용 소파로 몸을 옮겨와 인수의 머리를 쓰다듬으며 격한 칭찬을 이어갔다.

"대단해! 정말 대단해! 인수 학생은 우리 학교의 자랑이야. 아니 전국 고교의 전설이야. 대한민국 고등학교 역사상 이런 신기록이 없어."

"감사합니다."

"이 학문이란 게 말이야, 힘을 쓸 때에는 물 한 방울 빠져

나갈 구멍이 없이 치밀해야 하는 거거든. 인수 학생은 그걸 두 번이나 해낸 거야! 대단해! 정말 대단해! 와, 나 우리 인수 학생 부모님 좀 뵙고 싶네. 도대체 어떻게 키우셨기에 한 번도 아니고 두 번이나 올백을 맞아? 멋져! 정말 멋져! 또 올백 맞을 거야?"

"네! 한 번이 어렵지 두 번은 쉽더라고요."

"오! 역시 다르네. 역시 달라. 인어! 그 소설도 공모전에서 입선했고! 피아노! 캬아, 동영상을 봤는데 이건 뭐 완전 피아니스트 수준이야. 그리고 윤리 수행평가. 도덕성은 곧 자신감이다! 정말 훌륭했어! 이 부분이 최고야! 이게 정말 중요한 거야."

"감사합니다."

"우리 학교 모든 학생들이 인수 학생처럼 자신이 가진 잠재력을 발휘하며 살 수 있다면 얼마나 좋을까? 아니 전국 학생들이 말이야."

"저도 같은 생각입니다. 교장 선생님."

"음. 인수 학생에게는 앞으로 두 가지 길이 있을 것 같아."

"네?"

"다 함께 같이 가는 길과 혼자서 독불장군처럼 가는 길. 그 길은 교장인 나도 지금 인수 학생을 위해 고민하는 부분이지만, 어쨌든 인수 학생의 선택이 중요하겠지."

"네……."

그때 밖에서 인수의 담임을 비롯한 몇 명의 선생님들이 가지 않고 안에서 들려오는 대화를 듣고 있었다.

굳이 엿듣지 않아도 교장 선생님의 목소리가 밖으로까지 크게 들려왔다.

"내 더러워서 다음에는 진짜 어렵게 낼 거야."

"저도요. 수학 다 빵점 나와도 난 몰라요."

담임과 수학 선생이 말하고는 교실로 돌아갔다.

◇ ◆ ◇

인수의 집은 한바탕 또 난리가 났다.

이번 기말고사도 중간고사 때처럼 시험을 보고 오면, 인수는 엄마 앞에서 시험지를 팔랑팔랑 흔들며 엄마를 기쁘게 했었다.

"엄마, 엄마! 오늘도 다 올백!"

"아고 내 새끼! 아고 내 새끼!"

하지만 김선숙은 '이번에도 설마 또 올백이겠어?' 하며 조심스럽게 성적표를 기다렸는데 진짜 또 올백이다.

"아들 뭐 필요한 거 없어? 엄마가 다 사 줄게."

"있어요."

"아고 우리 강아지 뭐가 필요해?"

"일단 저랑 갈 곳이 있어요."

"어디? 백화점?"

"아니요. 계좌 하나 트게요."

"뭔 계좌?"

"엄마랑 저랑 아빠한테 받은 돈을 모아서 주식투자를 해 보게요."

"주식투자 그런 거 함부로 하면 안 되는데."

"엄마 저 못 믿어요?"

"울 아들 믿지."

"일단 아빠에게는 또 비밀로 하고, 계좌 트러 가요."

김선숙은 내키지가 않았다.

그래서 선뜻 대답을 하지 못했다.

어느 부모가 고1 자식이 주식투자를 하겠다는데 좋아하 겠는가.

"아들, 그거 안 하면 안 될까? 엄마가 다른 건 다 들어줄 게."

"엄마. 제가 어떤 패턴을 발견했어요."

"패턴?"

"네. 저기 저 벽지 꽃무늬처럼 주식거래에는 일정한 패턴 이 있어요."

새빨간 거짓말이었다.

인수는 그다지 주식에 대해 관심이 없어서 잘 모르는 것이 사실이었다.

　하지만 한 가지 분명하게 아는 것은 앞으로 대박을 치는
종목이었다.

　"너보다 더 똑똑한 사람들도 주식투자해서 인생 종친다
는데……."

　"일단 저를 믿어 보세요. 제가 패턴을 발견했다니까요?
큰돈을 투자한다는 게 아니라 엄마 1,000, 저 1,000. 총
2,000만 원으로 시작해 보자고요."

　"그러다 쫄딱 망하면? 돈보다 네 아빠 알면 난리 날 텐
데."

　"제가 패턴이 확실한 종목을 알고 있어요. 찬미약품. 올
해가 끝나 가는 마지막 주에 10배가 뛰어요. 틀림없어요."

　"10배?"

　"네. 정확하게 10배."

　"2,000만 원의 10배면……."

　자기도 모르게 계산에 들어가는 김선숙 여사.

　"2억이죠."

　"그래. 2억이지."

　"내년부터는 아빠한테 아쉬운 소리 하나도 안 해도 되요.
이 아들이 엄마 자산을 계속 불려 드리겠습니다."

　김선숙의 두 눈이 반짝거렸다.

　"가시죠?"

"가자."

인수는 옷을 챙겨 입는 엄마를 보며 최고의 파트너라고 생각했다.

찬미약품은 인수가 말한 것처럼 정확하게 10배로 뛰었다.

김선숙 여사는 남편에게 이 사실을 말하지 않았다.

그리고 2억은 다시 새로운 종목으로 갈아타 김선숙의 가슴에 불을 지르기 시작했다.

◇ ◆ ◇

축제가 성황리에 끝났다.

그전에 인수의 팀에는 자칭 팬클럽이 생겼고 매니저를 자처하는 여학생도 생겨났다.

당연히 회장도 여학생이며, 총무도 여학생이다.

팬클럽이름은 인사모.

12명으로 이루어진 팬클럽의 여학생들은 복도에서 인수를 만나면 오빠! 라고 외치며 진짜 스타를 만나 어쩔 줄 모르는 소녀 팬처럼 장난을 치곤 했다.

인수도 그 장난을 받아 주며 '얘들아 안녕!' 하고 스타처럼 손을 흔들어 주면 여학생들은 꺄악! 하며 맞장구를 쳤다.

축제 무대에서 인수의 팀은 우수상을 받았다.

우수상이라도 어디냐며 모두 다 만족해했지만, 인수를

제외한 모두 다 마음 한편에는 씁쓸함만이 남았다.

그건 수상과는 상관없이…….

수연의 친구와 연결된 사람이 그 누구도 없었기 때문이
었다.

그래서 뒤풀이장소 통닭집에서 윤철이 나섰다.

"인수야."

"왜?"

"날 한번 잡지?"

"뭘 날?"

"에이. 알면서."

"뭐를?"

"아 그때 그 애들. 한 번만 더 해 주라."

"아, 하하하."

윤철을 포함한 댄스 팀이 모두 인수의 얼굴을 빤히 쳐다
보고 있다.

얼굴만 쳐다보고 있어도 뭐가 막 떨어질 것 같기에.

"우리가 너한테 진짜 잘할게. 응?"

"누구 지금 연락하는 사람 없어?"

다들 고개를 끄덕거렸다.

"잘 좀 해 보지는."

"그러니까 한 번만 더 자리 마련해 봐."

"공부나 해, 이것들아."

"에이 그러지 말고 해 줘."

"그래, 해 줘."

인수가 보기에 동생들이 투정부리는 거 같았다.

"근데 인수야."

지석이 비장한 표정으로 인수를 불렀다.

"응?"

"수연이……."

"수연이 왜?"

"너 맘에 있어?"

"……."

인수는 대답하지 못했다.

"뭐야 그 표정은? 맘에 있다는 거야? 없다는 거야?"

"수연이 전화번호 줘?"

지석의 두 눈이 동그래졌다.

곧바로 고개를 끄덕였다.

"먼저 물어보고."

그런 지석의 표정에 인수는 씩 웃으며 수연에게 문자를 보냈다.

지석은 일단 착하다.

힘든 시절에 영호를 두려워하지 않고 실의에 빠진 자신을 찾아와 준 소중한 친구였다.

2학년 1학기 중간고사 뒤로 무기력 증세에 시달리며 공부를 포기했지만, 집도 어지간히 잘살고 성실하고 착하고 순수해서 아버지의 회사에 들어가 자기 밥벌이는 했었다.

앞으로는 그때와는 달리 공부를 포기하지 않는 방향으로 바뀔 수가 있으니, 충분히 좋은 오빠 노릇을 해 줄 수 있을 터.

"잠깐만."

인수가 전화를 걸자 수연이 곧바로 전화를 받았다.

지금 치킨이 문제가 아니었다.

모두 다 동작 그만. 인수의 통화에 귀를 쫑긋 세우고 집중했다.

"어, 수연아. 다른 게 아니고. 너 저번에 노래방에서 만났던 친구들 중에 지석이 기억나?"

[아, 네…… 그런데요?]

"아. 너랑 통화 좀 하고 싶다고 해서. 번호 알려 줘도 돼?"

[……]

"싫어?"

인수는 통화를 하며 지석의 얼굴을 보았다.

매우 실망한 표정이었다.

[아니요. 괜찮아요. 알려 주셔도 상관없어요.]

"오, 그래? 알았어."

인수가 전화를 끊고는 지석을 보았다.

"싫다지? 그럴 줄 알았어."

"아니?"

"잉? 좋데?"

"어. 괜찮다는데?"

"이 녀석이 괜찮다고?"

윤철이 깜짝 놀랐다.

"내가 뭐 어때서?"

"우와. 깜놀이다."

"어이구 김치국은. 번호 알려 줘도 괜찮다고 자식들아."

"우와!"

지석의 표정이 활짝 펴졌다.

"번호 줘! 빨랑 줘!"

"남자가 대가 있지. 지금 당장은 하지 말고 밤에 해."

"알았어. 알았으니까 빨리 줘."

인수는 수연의 전화번호를 지석에게 알려 주었다.

무척이나 좋아하는 지석의 표정을 보는데, 뭔지 모를 씁쓸함이 밀려오는 건 사실이었다.

그때 수연에게 전화가 걸려 왔다.

"어, 수연아."

활짝 펴졌던 지석의 표정이 순간 굳었다.

[그 오빠 번호 주세요. 제가 전화할게요.]

"아 그럴래? 알았어."

인수가 지석을 향해 손가락을 동그랗게 모으며 지석의 번호를 알려 주자, 지석의 두 눈이 더 이상 커질 수 없을 만큼 커져 버렸다.

그리고 곧바로 지석의 전화기가 울렸다.

통화를 끝낸 지석.

"저녁 9시! 9시에 보자네?"

야호! 환호성을 내지르며 밖으로 막 나가더니 가게 앞을 미친 듯이 뛰어다니다가 풀썩 자빠졌다.

"저 븅신…… 부럽다."

윤철이 그런 지석을 보며 힘없이 말했다.

그때 윤철의 핸드폰이 울렸다.

"어. 그래 알았어."

윤철은 인수의 눈치를 보며 전화를 받았다.

인수는 유정이라는 것을 알 수 있었다.

"나 먼저 가 봐야 할 거 같아."

윤철이 밖으로 나가자 인수는 뒤따라 나가 윤철을 붙잡았다.

"정윤철."

"응?"

윤철이 뒤돌아보았다.

"사고치지 마라."

인수가 지그시 노려보며 말하자, 윤철은 어깨를 으쓱할 뿐이었다.

◇ ◆ ◇

다음 날 학교.

모두 다 지석이 오기를 기다리고 있는데, 지석은 어깨가 축 쳐진 상태로 들어와 자리에 앉았다.

"야. 보고해. 어제 전화는 왜 안 받고 지랄이야."

윤철의 말에 지석은 대꾸조차 할 생각이 없어 보였다.

"저거 왜 저래?"

"야! 뭐라고 말을 해 봐."

친구들이 다그치자 지석이 인수를 멍하니 보더니 말했다.

"너 좋아한데."

"……."

"그 말하려고 나왔데."

말을 끝낸 지석은 이마를 책상에 꿍 찍었다.

이대로 확 죽어 버리고 싶다고 말하고 있는 것 같았다.


◇ ◆ ◇

크리스마스이브.

그 뒤로 수연의 전화는 더 이상 걸려 오지 않았다.

문자도 없었고, 집에도 찾아오지 않았다.

인수는 여전히 세영의 집 근처 도서관에서 시간을 보냈다.

며칠 전부터 계속 친구들에게 연락이 왔지만, 인수는 혼자 있고 싶었다.

세영은 지금 뭘 하고 있을까?

친구들과 명동에 갔을까?

아니면 가족들과 시간을 보내고 있을까?

멍하니 창밖만 바라보던 인수는 전화기를 자꾸 확인하고 있는 자신을 발견했다.

"음⋯⋯."

결국 망설이던 끝에 수연에게 문자를 보냈다.

-뭐해?-

하지만 1시간이 지나도록 전화기는 울리지 않고 조용할 뿐이었다.

"흠⋯⋯."

친구들과 신나게 놀고 있어서 문자를 확인하지 못하고 있다고 생각했다.

"이게 뭔 청승이람."

집에 가야겠다며 가방을 챙기는 그때였다.

-집이에요. 저 몸이 좀 안 좋아서.-

수연의 문자였다.

문자를 확인한 순간, 인수의 마음이 다급해지기 시작했다.

부랴부랴 가방을 챙기고는 밖으로 나가 전화를 걸었다.

"아파? 어디가 아파?"

[감기요. 감기가 심하게 왔어요.]

코가 꽉 막힌 목소리였다.

"몸 관리를 잘해야지."

[네…….]

"그래, 알았어." 하며 전화를 끊으려던 인수는 다시 물었다.

"집이라고?"

[네.]

"병원에는 갔어?"

[아니요.]

"병원엘 가야지. 독감이면 어쩌려고?"

[그래야 되는데…….]

"혼자 있어? 집이 왜 이렇게 조용해? 옆에 아무도 없어?"

[네. 엄마랑 아빠는 일 나가시고…….]

"어허. 지금 내가 거기로 갈게."

[…….]

"같이 병원가자."

[네…….]

"알았어. 조금만 기다려."

전화를 끊은 인수는 곧바로 택시에 올라탔다.

◇　◆　◇

　수연은 마스크를 착용하고 집 앞에 나와 있었다.

　"어. 수연아."

　"오빠. 안녕하세요……."

　그래도 예의를 차리려고, 수연은 인수를 보자 마스크를
벗고는 인사했다.

　그때 인수는 수연의 얼굴을 보았다.

　얼굴은 핏기가 없어 보일 정도로 하얗기만 한 것이 무척
이나 병약해 보였다.

　"상태가 너무 안 좋아 보이네."

　"괜찮아요."

　콜록콜록.

　수연은 말만 하면 기침을 터트렸다.

　"안 되겠다. 어서 가자. 여기 가까운 병원 어디야?"

　인수가 왠지 미안한 마음에 주위를 두리번거리자 수연이
안내했다.

　"오빠 이쪽으로……."

　"어."

　병원을 향해 가는 동안에도 수연은 계속 기침을 터트렸
다.

　가는 날이 장날이라고 했던가.

병원에는 사람들이 무척 많았다.

그래도 다행인 건 독감은 아니었다.

처방전을 들고 약국으로 이동하는 동안에도 수연은 계속해서 기침을 했다.

그런 모습을 보고 있노라니 측은하기도 하고 한편으로는 '괜찮아요, 괜찮아요.' 하면서 혼자서 잘 이겨 내고 있는 모습이 기특하기도 했다.

"밥도 안 먹었지?"

"네……."

"약 먹으려면 밥 먹어야지. 가자."

인수는 주변을 둘러보았다. 설렁탕 가게가 보였다.

"설렁탕 괜찮아?"

"네. 저 따뜻한 국물 먹고 싶어요."

"그래, 가자."

◇ ◆ ◇

주문한 설렁탕이 나오자 수연은 마스크를 벗었다.

그새 핼쑥해졌다.

아파서 그런 게 아니라 마음고생을 단단히 한 것처럼 보였다.

"감기는 아다리야."

"네?"

"아 그게 무슨 말이냐면, 평소 건강하다가도 이런저런 이유로 면역력이 확 떨어질 때가 있거든. 그때 감기를 못 이기면 딱 걸리게 된다는 거지. 천하장사도 어쩔 수가 없어."

"그런 거 같아요. 요즘 좀……."

수연이 기침을 터트리자 인수도 헛기침을 했다.

"기분이 엄청 다운되어 있었어요."

"그래……."

"오늘 이븐데. 그 언니 안 만나세요?"

"그냥 혼자 있고 싶었어. 어차피 친구들하고 신나게 놀고 있을 테고."

"그래요…… 그런데…… 왜……."

왜 문자를 했냐고 묻는 것이다.

"청승맞더라."

인수의 말에 수연이 힘없이 웃었다.

"어서 먹어. 약 먹고 힘내야지."

"네."

두 사람은 말없이 먹기만 했다.

한참을 먹다가 인수가 수연을 보았다.

"왜요?"

"아냐."

"맛있다."

"많이 먹어."

"오빠도 많이 드세요."

"응."

또 그렇게 먹기만 했다. 그러다가 수연이 설렁탕에 고개를 묻은 채로 물었다.

"전화라도 한 번 해 보지는……."

"왜 이렇게 나보다 더 궁금해하실까?"

"제가요? 아닌데요?"

수연이 화들짝 놀랐다.

인수는 그런 수연이 귀여웠다.

"고백할 거면 진짜 빨리 하는 게 좋아요. 내 친구들도 보면 다 그래요. 첨에는 후회하면서도 시간 지나면 차라리 맘 편하고 더 낫다고 그러더라고요."

수연의 눈에 힘이 빡 들어갔다.

인수에게 연애 상담을 해 준답시고 자기도 그러고 싶다고 말하고 있는 것이다.

"알았어."

인수가 비장한 표정으로 대답했다.

하지만 수연에게는 허탈한 대답이었다.

수연이 입맛이 없는 듯 수저를 내려놓았다.

"대스타가 될 사람이. 더 먹어. 먹고 힘내야지."

"치. 미래를 어떻게 알아요."

"일단 먹어. 약 먹어야지."

"……"

수연의 표정이 갑자기 또 우울해졌다.

"미래를 보여 줄까?"

"네?"

"네가 봐야 할 거 같아."

"에이, 미래를 어떻게 봐요?"

"미래가 별거야? 네가 만들면 그게 미래지."

인수는 수연이 먹던 설렁탕 그릇을 빼앗아 탁자 끝으로 내몰았다.

"더 먹을 건데……"

수연은 내려놓았던 수저와 젓가락을 다시 들며 말했다.

인수가 왜 이러는지 그 이유를 알 수도 없었다.

그런 수연이 보란 듯 인수는 그 설렁탕 그릇을 탁자 끝으로 내몰아 걸쳐 두었다.

아슬아슬했다. 살짝만 건드려도 바닥으로 떨어질 것만 같았다.

"떨어지면 큰일 나요! 혼나요!"

수연이 눈치를 보며 말했다.

위기에 내몰린 설렁탕 그릇을 붙잡아 제자리로 돌려놓고자 손을 뻗었다.

"너."

수연은 깜짝 놀라 인수를 보았다. 인수의 눈은 무서웠다.

"오빠……."

"너 지금부터 내가 하는 말 잘 들어. 너 그 그릇 원위치가 아니라 그대로 밀 수 있어? 밀어서 바닥에 떨어트릴 수 있냐고."

"왜요? 제가 왜 그래야 해요?"

"왜가 중요한 게 아냐. 할 수 있어, 없어? 한 가지 더 말해 줄까? 그걸 밀어서 떨어뜨리면 큰일이 일어날 것 같지만, 아무런 일도 일어나지 않아. 단지 국물이 튈 거고, 아주머니가 불쾌해하면서 치우시겠지만 죄송하다고 하면 끝이야. 자, 할 수 있어?"

"못 해요. 싫어요. 왜 그런 짓을 해요?"

"그래? 그럼 말해 줄게. 난 세영이밖에 없어."

인수가 말한 순간, 그릇을 붙잡아 원위치에 놓으려던 수연의 손이 달달달 떨려 왔다.

인수는 가만히 기다렸다.

잔인하지만, 수연이 알아듣기를 바랐다.

아무리 어리다 한들 단지 호감 하나로 억지로 껴들어 사람 관계를 엉망으로 만들어 놓고 미안하다면 그만일까?

만약 원하는 걸 얻는다고 해도, 그것을 얻은 뒤 그 어지럽혀진 죄책감을 네가 감당할 수 있을까?

사랑이라는 감정은 단지 불장난이라든지 호기심에 의해
움직이는 것이 아니라는 것.

그리고 난 사랑만큼은 이미 숙명처럼 정해진 사람이 있
다는 것.

아직 어린 수연에게 가르쳐 주고 싶었다.

지금 인수는 그것을 말하고 있는 것이었다.

하지만 어쩌면 그것은 스스로에게 다짐하고 있는 것일지
도 모를 일이었다.

그리고 불행하게도 수연은 지금 인수가 생각하는 만큼
성숙하지 못했다.

수연의 머릿속은 하얘지기 시작했다.

말을 잘 들으라는 말인가? 시키는 대로 하란 말인가?

말을 잘 들으면 다음에 또 만나 준다는 말인가?

그 언니밖에 없다는 말은 또 무슨 말이지?

언니랑 사귀면서도 말을 잘 들으면 따로 만나 준다는 말
인가?

수연의 손이 달달달 떨렸다.

인수는 수연이 자신의 뜻을 어느 정도 이해했을 것이라
생각했다.

결국 그릇은 원위치에 놓였다.

어찌 되었든 그것은 포기를 의미했다.

하지만 수연은 이를 악물었다.

"이런 걸 왜 시켜요? 왜 연락해요? 네?"

수연은 의자를 뒤로 밀치며 벌떡 일어서더니 그대로 나가 버렸다. 인수는 약봉지를 보았다.

계산을 하고 약봉지를 들고 밖으로 나갔다.

수연이 저만치 앞서가고 있었다.

단숨에 따라붙은 인수는 옆에서 나란히 걸었다.

수연의 발걸음은 무척이나 빨랐다.

약을 전해 줘야 하는데, 화를 내며 거부할 것만 같았다.

역시나 수연은 인수의 손을 뿌리쳤다.

인수는 그런 수연의 손목을 붙잡고는 약봉지를 외투 주머니에 넣어 주었다.

"으앙!"

결국 수연은 울음보를 터트리고 말았다.

인수는 수연을 안아 줄 수밖에 없었다.

그렇게 길거리에서 수연은 펑펑 울었다.

# 트리니티 레볼루션
## Trinity Revolution

# 제14장 사랑은 그렇게

수연을 달래 주고 집으로 돌아오는 길.

윤철에게 전화가 걸려 왔다. 인수가 전화를 받자, 윤철은 한숨부터 푹푹 내쉬었다.

"말을 해, 말을. 어린 게 뭔 한숨이야?"

[인수야. 지금 좀 볼 수 있을까?]

인수는 지금 그 누구도 만나고 싶지 않았다.

하지만 윤철은 유정이 문제로 자신이 지금 매우 난처한 상황에 빠졌다며 계속 만나자고 통사정을 해 왔다.

"내가 사고 치지 말랬지."

[사고 친 거 아냐. 아니 사고 치기 직전이야.]

"아 이것들이 진짜."

[인수야 전화로는 좀 그렇고 만나서 얘기하자. 응? 너 지금 어디야?]

"집에 다 왔어."

[알았어. 거기로 당장 갈게.]

"알았다."

◇　◆　◇

인수네 아파트 단지 공원.

벤치에 앉아 무심히 땅만 바라보고 있던 인수가 고개를 들어올렸다.

윤철이 헐레벌떡 뛰어와 인수의 앞에 섰다.

"하, 숨차!"

"살 좀 빼라."

"나도 빼고 싶어."

인수는 윤철이 숨을 돌릴 때까지 기다려주었다.

"나 어떡하지?"

"뭘 어떡해? 야, 숨이나 돌리고 말해."

"지금 숨 돌릴 때가 아냐."

"뭐가 그리 심각한데?"

"유정이한테 사실대로 다 말해 줘야 하나?"

"걔 아빠?"

"응."

"글쎄다. 그렇게 사람 뒤를 왜 캐가지고."

"내가 그럴 줄 알았나."

"근데 걔는 아빠에 대해서 정말 아무것도 몰라?"

"응. 그런 거 같아."

"걔 엄마는?"

"그건 나도 모르지."

윤철의 대답에 인수가 한숨을 푹 내쉬었다.

"너희들 지금 뭔 사고를 치려고 그러는 건데?"

이제야 윤철은 숨을 돌렸다.

인수는 잠자코 기다렸다. 숨을 다 돌린 윤철이 말했다.

"유정이한테 새 아빠 될 사람이 있는데 유정이는 이 아
저씨가 너무 맘에 안 드나 봐."

"맘에 들면 이상한 거지. 나라도 맘에 안 들겠다. 그 한탕
이 이거였어?"

"응."

"어이구, 잘한다. 정윤철 아주 잘하고 있어. 그렇게 남의
집안일에 왜 껴들어?"

"너무 뭐라 하지 마."

"내가 지금 뭐라 그랬어? 잘하시네요, 그랬지? 그래서. 또
똑같은 짓 할 거야?"

"어."

"에라 이. 내가 뭐라 할 말이 없다."

"근데 인수야. 그게 중요한 게 아니라……."

"뭐? 뭐가 중요한데?"

"유정이가 먼저 미성년자에게 술 먹이는 장면을 촬영해야 한다고 해서 그날 치킨 먹다가 먼저 나간 거거든?"

"알아. 너 그날 유정이 전화 받고 나갈 때 뭔 꿍꿍이가 있는 거 같아 보였어."

"어. 어쨌든 유정이가 그 아저씨 유인해서 술 따라 주는 장면을 찍긴 했는데……."

"했는데."

"집에 와서 이 아저씨 신상을 털어 보니까."

"신약."

인수의 말에 윤철의 두 눈이 동그래졌다.

"어떻게 알았어?"

"그러니까 똥줄이 타겠지. 이름은 뭐야."

인수가 진지한 말투로 물음표 없이 물었다.

"박재영. 대검찰청 중앙수사부 제1과장. 10년 전에는 중수부장이었어. 근데 그 사건 이후로 지방으로 좌천되었다가 다시 올라오고 있는 거지."

윤철의 말에 인수는 눈 하나 깜짝하지 않았다.

훗날 검찰총장을 거쳐, 중앙수사부가 폐지되는 과정을 거치며 민정수석에 오르는 사람이건만.

"흠. 거물도 거물인 데다가 이 양반이 유정이 엄마에게 접근하는 진짜 이유를 모르겠다, 이거지?"

인수의 기억에 유정의 엄마가 박재영과 재혼한 일은 없었다.

유정이 고등학교를 졸업한 뒤에 재혼을 했다고 해도 동창들을 통해서 유정이네 엄마의 재혼 소식을 한 번쯤은 듣게 되었을 것이다.

"맞아. 계속 파 보고 있는데 그걸 모르겠어."

"그 양반은 이혼한 거야? 아니면 사별?"

"이혼했던데? 자식은 아들 둘 있고."

"일단 유정이 불러."

"어쩌려고?"

"내가 알아서 할게."

"뭘 어떻게 알아서 해?"

"일단 부르라고."

윤철은 더 이상 대꾸하지 못하고 유정에게 전화를 걸었다.


잠시 후, 유정이 공원에 나타났다.

"뭔 일이냐?"

그네에 앉자마자 담배부터 꺼내 무는 유정.

인수가 그 담배를 확 빼앗아 버렸다.

"아, 씨발! 뭔데!"

"맞을래?"

"에이 씨 진짜."

유정은 외투 주머니에 두 손을 꼭 집어넣고 말았다.

인수가 앞에서 아무 말도 하지 않고 있자, 유정이 물었다.

"왜 불렀는데?"

"너 지금 하는 짓 그만둬."

"뭔 상관인데?"

"걱정되니까."

"……."

유정은 속으로 기분이 좋았지만 내색하지 않았다.

"야. 그 정도는 해 줘야지. 남자가 뭘 그런 거 가지고 걱정하고 그러냐?"

유정은 치마가 불편했는지, 그네에서 일어나 치마를 정리했다.

그때 인수는 화이트존을 생성시켰다.

화이트존이 유정을 덮친 순간 박재영을 향한 유정의 감정이 읽혔다.

'그래 끝까지 신사인 척해 봐라.'

유정이 툭하면 시비를 걸어도 박재영은 웃는 얼굴로 유정을 대하는 장면이 펼쳐졌다.

"좋은 사람일 수도 있다는 생각은 안 해 봤어?"

인수가 화이트존을 거두며 물었다.

"좋기는 개뿔."

유정은 말을 내뱉으며 뭔가 이상한 느낌에 주위를 둘러
보았다.

"네 엄마가 선택한 사람이잖아. 엄마 인생은 생각 안
해?"

"울 엄마는 철이 없어요."

"그러는 넌 있고?"

"나도 없어. 그래도 난 사람 보는 눈은 있어."

"그래. 네 눈에는 어떤 게 문젠데?"

"아, 도와줄 것도 아니면 신경 꺼!"

유정이 그네에서 벌떡 일어나며 소리쳤다.

곧바로 담배를 꺼내어 물었다.

하지만 그 담배를 인수가 또 낚아채 버렸다.

"아, 씨발 진짜!"

"너 진짜 맞을래?"

"……."

"너 한 번만 내 앞에서 쌍시옷 내뱉으면 엉덩이 맞는다.
알았어?"

인수가 노려보자 유정은 더 덤비지 못하고 침을 꼴깍 집
어삼켰다.

"정윤철."

"어."

"이리 와."

윤철이 쭈뼛거리며 다가왔다.

"너 도와주지 마. 알았어?"

"아, 씨발!"

유정의 입에서 쌍시옷이 튀어나왔다.

그러자 인수는 곧바로 유정의 등허리를 붙잡아 꺾더니, 손바닥으로 엉덩이를 찰싹찰싹 때렸다.

"이놈의 가시나가! 좋은 말로 하면 찰떡같이 알아들어야 지, 사람 말을 개떡같이 알아듣고 자빠졌어!"

"꺅!"

유정은 자신의 몸이 난데없이 인수에게 붙잡혀 안긴 것도 모자라 찰싹찰싹 소리가 날 때마다 엉덩이에 불이라도 붙은 것처럼 끔찍한 통증이 밀려오자 비명을 내지르고 말았다.

그렇게 정신없이 얻어맞던 유정은 인수의 손이 잠시 멈 추자 습관적으로 또 욕을 뱉다가 계속 얻어맞았다.

눈에서 파란색 렌즈가 튀어 나갔고, 울컥하는 감정이 속 에서부터 솟구쳐 올라왔다.

"힝."

이제는 엉덩이가 화끈거리다 못해 뼈까지 쑤시고 아려 오자 결국 울음보가 터지고 말았다.

쌍시옷은 감히 내뱉지도 못했다.

"똑바로 서."

인수가 유정을 제압에서 풀어주고는 명령하자 유정은 몇 번 비틀거리더니 겨우 균형을 잡고는 똑바로 섰다.

한데 맞을 때 얼마나 울었는지, 눈 화장이 엉망이 된 채로 새카만 줄이 양쪽 뺨에 생겨났다.

"그만둬. 알았어?"

"……."

"대답 안 해?"

인수가 또 등허리를 붙잡아 엉덩이를 때릴 것처럼 다가오자 유정은 화들짝 놀라 대답했다.

"알았어! 알았다고! 힝."

그렇게 울음보가 터진 상태로 유정은 자신의 억울함을 계속 호소했다.

"그러면 난 어떡하라고! 난 엄마가 그 새끼랑 합치는 거 싫은데! 난 어떡하라고! 으앙!"

"방법이 틀렸잖아!"

"그럼 어떻게 해야 하는데! 내가 어떻게 해야 하는데!"

"넌 엄마와 먼저 화해하는 것부터 시작해야 돼."

"아, 싫어! 싫다고!"

"그런 식으로는 어떤 문제도 해결할 수 없어. 서로에게 상처를 줄 뿐이야."

"내가 원하는 게 그거야!"

유정의 말에 인수는 가슴이 아려 왔다.

이 깊은 내적 불행을 어떻게 치유할 수가 있을까.

자신의 불행으로 인해 남까지 불행하게 만드는 이 깊은 상처를.

"그러지 마. 내 마음이 다 아프다."

"거짓말하지 마! 나랑 아무 상관없잖아! 인제 와서 뭔 상관인데? 나한테 왜 이러는 건데! 으앙."

"후."

인수는 밤하늘을 향해 긴 한숨을 내뱉었다.

크리스마스이브에 이게 뭐냐.

한 번 터진 유정의 울음은 쉽게 멈추지 않았다.

그때 윤철이 말을 더듬으며 인수에게 항의했다.

"너, 인수 너. 너, 너무한 거 아님?"

"확 그냥."

"……."

윤철은 다시 입을 꼭 다물었다.


◇ ◆ ◇


분식점.

한바탕 울고 나서 배가 고팠는지, 유정은 떡볶이 2인분에 순대 2인분을 순식간에 먹어 치웠다.

인수는 그런 모습을 보고 있노라니 또 짠하기도 했다.

"다 먹었어?"

"뭐……."

"더 먹고 싶은 거 없어?"

"없어."

그때 윤철이 쫄면에 김밥을 다 먹고 나서 또 순대를 외쳤다.

"저 돼지."

"너도 만만치 않거든?"

"꺼져."

"이거 먹고."

윤철과 유정이 나누는 농담은 인수가 보기에 참 자연스러웠다.

그렇게 가벼운 농담을 나누며 한참을 먹은 뒤 둘 다 배가 불러 보이자, 인수가 조심스럽게 말을 꺼냈다.

"유정아. 아빠에 대해서 말 좀 해 볼래?"

"몰라. 다른 말 해. 싫어."

"흠."

인수는 결국 말을 꺼내지 못했다.

그때 유정이 말했다.

"근데 너 나 앞으로 어떡할 거야?"

인수의 두 눈이 동그래졌다.

"뭘?"

"아 그렇게 했으면 책임져야지."

"뭘 그렇게 해?"

"아 몰라. 책임져."

"이게 미쳤나?"

"뭐야? 나 또 때릴 거야? 그래 때려라! 때려!"

유정이 얼굴을 들이대며 달려들더니 인수의 손목을 붙잡아 자기 뺨을 때리라는 듯 들어 올렸다.

"이거 니가 때린 거다. 난 가만있었어."

인수는 유정의 손이 이끄는 대로 자신의 손을 내버려 두었다.

"고만해라."

"흥."

보다 못한 윤철이 말리자, 인수의 손을 놓아줄 것처럼 굴던 유정은 갑자기 그 손을 물어 버렸다.

"아!"

앙 하고 문 채로 인수를 노려보는 유정의 표정은 고양이 같았다.

"놔. 알았으니까 놔."

인수의 손이 올라와 유정의 양쪽 볼때기를 한 손으로 붙잡아 눌렀다.

턱관절이 꽉 눌리자, 유정은 앙 다문 입을 다시 벌릴 수밖에 없었다.

"속이 다 후련하네. 찜했다."

손등에 치아 자국이 선명하게 남았다.

"와. 이거 진짜 구제불능이네. 어우 더러워. 침 봐. 고춧가루도 있어."

"히히."

인수는 유정이 환하게 웃는 모습을 처음 보았다.

그런 유정의 뺨에 인수는 손등의 침을 휙 닦아 버렸다.

"야!"

유정은 인수의 손을 갑자기 피하려다가 벽에 머리를 찧고 말았다.

쿵!

"힝. 아파."

"벽 빵꾸났나 봐라."

"어우!"

유정이 주먹과 함께 인수를 향해 턱을 추켜세웠다.

"얼씨구."

인수가 그 턱을 붙잡고는 흔들었다.

"안 놔?"

"못 놓겠다."

"놔라."

유정은 여전히 인수의 손에 턱을 붙잡힌 상태로 고개를 흔들었다.

윤철은 그런 유정의 표정을 보며 귀엽다고 생각했다.

하지만 자신은 안중에도 없다는 사실도 깨달았다.

어느새 시간은 밤 12시를 향해 가고 있었다.

"크리스마스네."

분식점에서 나온 유정이 밤하늘을 올려다보며 말했다.

"우리 더 놀자. 응? 노래방 어때?"

인수와 윤철의 사이에 선 유정이 양쪽으로 팔짱끼고는 앞으로 전진했다.

"가자!"

"아, 미안."

인수가 그 팔을 슬쩍 빼며 말했다.

"집에 가 봐야 돼. 노래방은 다음에 가면 되지 뭐."

"에이. 지금 같이 가자."

윤철도 아쉬웠나 보다.

"미안. 진짜 미안."

인수는 두 사람에게 손을 흔들었다.

그때 유정의 손이 윤철의 팔짱에서 빠져나오는 것을 보며 뒤돌아 걸었다.

인수는 당시 민정수석의 자리까지 올랐던 박재영의 얼굴

을 떠올렸다.

민정수석.

검찰은 그 누구의 편도 아닌, 오직 검찰의 편이다.

그런 검찰을 통제하는 자가 검찰총장이라면, 그런 검찰
총장의 위에서 통제하는 자가 바로 민정수석이다.

유정의 감정을 통해서 잠깐 확인한 것만으로는 박재영이
라는 인간에 대해 판단을 내릴 수가 없었다.

그가 악인인지, 아니면 정의로운 사람인지.

만약 가면을 쓴 인간이라면, 언젠가는 유정에게 본색을
드러낼 것이다.

인수는 보호관찰소장이 유정에게 호되게 당했던 동영상
이 생각나 한숨을 푹 내쉬었다.

◇　◆　◇

그렇게 크리스마스가 지나가고 눈이 펑펑 내리던 12월
의 말, 인수는 도서관에서 세영과 만났다.

자료실 한편에 위치한 자신이 항상 앉던 자리에 세영이
앉아 창밖을 보고 있었다.

인수는 뛰는 가슴을 겨우 진정시키며 맞은편에 서서 의
자를 잡아 뺐다.

바닥을 긁는 소리가 유난히 크게 들렸다.

세영은 인수를 보지 못했다.

다행이라고 생각했다.

책을 펼치기는 했지만 하나도 눈에 들어오지 않았다.

입가에 절로 미소가 피어났다.

언제쯤 나를 볼까?

집에 갈 때까지 나를 보지 못할까?

그러면 난 따라가서 말을 걸어야 할까?

이런저런 생각을 하며 혼자 좋아하고 있는데, 세영의 친구 민숙이 다가와 세영의 옆에 앉았다.

그때 인수와 민숙의 눈이 마주쳤다.

민숙은 단번에 알아보았다.

그때 그 분식점에서 뜨거운 국물을 벌컥 들이키던 그놈.

세영과 묘한 분위기를 연출했었던 그놈.

민숙의 두 눈은 그렇게 말했다.

하지만 아는 체를 하지는 못했다.

인수도 일부러 시선을 피했다.

그때 인수는 책상 아래에서 민숙이 발로 세영의 발을 툭툭 건드리는 것을 보았다.

"왜?"

세영이 속삭이듯 말했다.

민숙이 눈치를 주었다.

앞을 좀 보라고.

그러자 세영이 정면을 보았다.

인수도 똑똑히 고개를 들어 세영을 보았다.

"어……."

세영이 인수를 알아보고는 얼떨결에 고개를 살짝 숙여 인사하자, 인수도 미소를 머금으며 고개를 숙였다.

그때 민숙이 풋 하고 웃자, 세영이 고개를 홱 돌리더니 민숙을 쌔려보았다.

"아, 왜?"

민숙이 속삭였다.

내가 뭘? 하는 표정이었다.

하지만 세영은 또 이상하게 엮지 말라는 표정으로 민숙에게 입술을 삐죽거렸다.

그렇게 1시간 정도가 지나갔다.

세영이 굳은 몸을 풀며 자리에서 일어나 밖으로 나가자 민숙도 따라 나갔다.

인수는 일부러 일어나지 않았다.

그냥 고개를 푹 숙이고는 책만 보았다.

하지만 하나도 눈에 들어오지 않았다.

잠시 후, 두 사람이 들어와 자리에 앉았다.

밖에서 무슨 이야기를 했을까?

인수의 입가에는 여전히 미소가 번져 있었다.

오후 5시가 지나갔다.

인수는 순간, 지금쯤이면 수연이 연습을 끝낼 시간이라고 생각했다.

그리고 6시가 다 되었을 때였다.

인수의 시야 한쪽으로 몸매가 잘 빠진 여학생이 들어왔다.

기분 좋은 냄새와 함께 건강한 기운이 전해져 왔다.

한데 인수의 옆자리 의자를 잡아 빼고 앉더니 속삭였다.

"오빠."

그 여학생은 바로 수연이었다.

"어?"

인수가 깜짝 놀랐다.

수연이 활짝 웃었다.

세영의 눈이 순간 돌아갔다.

같은 여자가 보아도 수연은 너무나도 예뻤다.

민숙 역시 세영처럼 힐끔힐끔 수연을 훔쳐보았다.

수연이 머리를 뒤로 올려 묶을 때 기분 좋은 냄새가 풍겨났다.

인수는 그 향기에 취했다.

수연이 땀 흘려 연습한 뒤 샤워를 하는 모습이 눈에 보이는 것만 같았다.

세영은 애써 고개를 숙이고는 책에 눈을 파묻었다가도 자기도 모르게 고개를 들어 수연을 힐끗힐끗 훔쳐볼 수밖에 없었다.

한편 수연은 인수의 앞에 앉아 있는 사람이 설마 그 세영일 것이라고는 상상도 못했다.

"흠, 흠."

인수도 이제 뭔가 불편해졌다.

그렇게 묘한 분위기가 딱 30분 이어졌다.

30분 뒤에는 수연이 꾸벅꾸벅 졸기 시작했는데 고개가 확 뒤로 꺾였다가 다시 제자리로 돌아오는 과정을 반복했다.

세영은 절대로 웃으면 안 되겠다는 듯 입술을 꾹 깨물었고 민숙은 아예 표정 관리를 포기했다.

고개를 숙인 채 웃음이 터져 나오는 것을 참지 못했다.

"아…… 책만 보면 이렇게 졸려."

결국 수연은 인수를 향해 씩 웃더니, 책상에 엎드려 자기 시작했다.

"에구, 피곤했나 보네."

이른 아침부터 춤추고 노래했으니 얼마나 피곤했을까.

인수는 조용히 말하며 의자에 걸어 둔 자신의 구스다운 점퍼를 수연의 등에 덮어 주었다.

세영과 민숙의 얼굴에는 여전히 웃음기가 사라지지 않았다.

인수도 웃으며 책을 보았다.

그렇게 40분을 곯아떨어졌던 수연이 서서히 잠에서 깨어났을 때였다.

앞에서 여학생이 쓱쓱 필기를 하는 소리를 들었다.

슥 침을 닦으며 몸을 일으킨 수연은 여전히 옆에 앉아 책을 보고 있는 인수의 옆모습을 보았다.

"잘 잤어?"

수연은 인수가 자신을 향해 속삭여 주는 목소리가 듣기 좋았다.

그리고 자신의 등을 덮어 주고 있는 인수의 옷을 확인한 순간 더 가까워진 것 같아 기분이 몹시 좋아졌다.

하지만 창피하고 부끄러워 얼굴이 발개졌다.

인수의 시선을 피하는 그때였다.

수연은 앞자리의 여학생이 옆자리의 친구에게 노트에 쓴 글을 보여 주는 것을 보았다.

-뱃속에 뭐 좀 채울 시간 아님?-

거꾸로 읽어서 제대로 읽진 못했지만, 대충 이런 뜻이었다.

-매점? 밖?-

두 사람이 서로 노트를 통해 대화를 주고받았다.

그러더니 두 사람은 뭔가 서로 통한 듯 밖으로 나갔다.

수연은 잠시 앉아 있다가 볼펜을 들고는 노트에 썼다.

-오빠. 배 안 고프세요?-

그러고는 인수를 향해 노트를 슥 밀어 넣었다.

인수가 수연을 보자, 수연은 눈으로 노트를 가리켰다.

"어. 배고파."

수연이 다시 노트에 뭐라고 쓰려는데, 인수가 자리에서 일어났다.

"나가자."

"아, 네."

수연은 인수의 외투를 걸친 채로 따라 나갔다.

옷이 참 가볍고 따뜻해서 좋았다.

도서관 매점에 들렀다.

세영과 민숙이 한쪽에 자리를 잡고 앉아 컵라면이 익기를 기다리며 수다를 떨다가 두 사람이 들어오는 것을 보았다.

라면냄새가 코를 자극했다.

인수와 수연도 컵라면을 구입해 물을 붓고는 자리를 차지하고 앉았다.

"오빠 안 추우세요?"

"응. 괜찮아."

"근데 이 옷 진짜 따뜻하다. 부드럽고 가볍고 좋아요."

"나보다 더 잘 어울리는 거 같네."

"그래요? 저야 뭐 다 잘 어울리니까. 농담, 농담."

"아냐, 진짜 잘 어울려. 주인을 잘못 만났나 봐."

"옷이 참 특이해요."

"앞으로 전국 고딩들 교복이 될 거야."

"이 옷이요?"

"응. 내년부터 시작될걸? 다들 수업시간에 너처럼 이거 덮고 자."

"아이."

수연이 부끄러워 놀리지 말라는 듯 입을 삐죽거렸다.

"뭐가 아이야. 잠이 솔솔 오잖아. 그치?"

"오빠아."

"알았어, 알았어. 얼마나 피곤했으면 그랬겠어."

수연은 치, 하며 인수의 옷을 다시 살펴보았다.

"앞으로 엄청 유행해."

"치. 오빠가 그걸 어떻게 장담해요?"

"두고 봐."

"만약에 안 그러면요?"

"음. 안 그러면 내가 니 동생 한다."

"진짜요? 진짜 오빠 내 동생 하는 거예요?"

"약속."

"좋아요, 약속. 히히."

수연이 새끼손가락을 걸어왔다.

인수가 새끼손가락을 걸자 수연이 엄지를 내밀어 도장을 찍었다.

"카피."

도장을 찍고 손바닥을 스쳤다.

"과연. 두둥."

수연이 좋아하는 그때 인수는 뒤통수에서 세영의 시선을 느꼈다.

뒤에서 라면을 먹는 소리가 들려왔다.

"어, 다 익었겠다. 오빠 잘 먹을게요!"

"난 이거 딱 세 젓가락이야."

"네?"

수연은 무슨 말인지 못 알아들었지만, 뒤에 있는 세영과 민숙은 그 말을 알아들었다.

그리고 인수의 젓가락질이 시작되었을 때, 수연의 두 눈이 동그래졌다.

후루룩, 후룩, 후룩.

진짜 딱 세 번이었다.

아니, 그것은 세 번이라기보다는 한 번이었는데, 뒤따라오는 면을 두 번에 걸쳐 연결해 입안에 모조리 넣는 과정일 뿐이었다.

수연은 멍한 눈으로 인수를 보았다.

"안 뜨거워요?"

"좋아."

그러자 수연은 자신의 컵라면용기를 들어 국물을 입에 대 보았다.

"아, 뜨! 뜨거운데?"

뒤에서 세영이 웃었다.

그때 그 웃음을 본 수연은 이상한 느낌을 받았다.

지금 저 학생들에게는 이 상황이 매우 자연스러워보였기 때문이었다.

하지만 곧 잊고 라면을 먹었다.

"근데, 세영아. 주민이 고년 요즘 좀 이상하지 않아?"

세영아.

컵라면을 먹던 수연의 젓가락이 멈추었다.

'난 세영이밖에 없어.'

인수의 목소리가 들려온 순간, 탁자 끝으로 내몰렸던 설렁탕 그릇이 떠올랐다.

그리고 그 그릇을 강제로 밀어 바닥에 떨어뜨리는 장면이 상상되었다.

그릇이 깨졌고, 국물이 사방으로 튀었다.

소리가 꽤 컸다.

사람들이 다들 놀라서 쳐다보는 것도 모자라, 자신을 이상한 여자에 못된 여자라는 시선으로 바라보고 있다.

그래, 엎질렀으면 죄송하다고 사과하면 된다.

내가 끼어들어 그 아무리 지저분하고 엉망진창인 관계가 되었다 할지언정, 시간이 지나면 깔끔하게 정리가 될 것이다.

단지 필요한 건 뻔뻔함이다.

이제야 알았다.

수연은 고개를 들어 세영을 보았다.

"뭔 꿍꿍이가 있는 거 같지?"

"맞아. 뭔 짓을 할지 모르는 애야."

두 사람의 대화를 듣던 수연은 이제 인수를 보았다.

"오빠……."

"응?"

"아니에요."

수연은 라면이 코로 들어가는지, 입으로 들어가는지 알 수가 없었다.

◇　◆　◇

세영과 민숙이 가방을 정리하고 먼저 나갔다.

인수가 고개를 든 순간, 눈이 마주치자 세영이 어색하게 인사했다.

민숙도 덩달아 인사했다.

수연도 고개를 들어 세영과 눈이 마주쳤지만, 인사를 해야 하는지 말아야 하는지 알 수가 없어 습관처럼 그냥 고개를 숙였다.

두 사람이 떠난 뒤, 인수는 고개를 숙인 채로 책만 보았다.

그냥 그렇게 아무 생각 없이 가만히 앉아 있을 뿐이었다.

수연은 슬슬 좀이 쑤셔 왔다.

"우리도 그만 갈까?"

인수가 눈치를 채고는 말했다.

수연이 조심스럽게 고개를 끄덕이자, 인수는 가방을 챙겼다.

◇ ◆ ◇

인수가 가방을 정리하고 밖으로 나왔을 때였다.

도서관 정문에서 세영과 민숙이 서로 얘기를 나누고 있는 것을 보았다.

두 사람은 얘기를 나누다가 인수를 보고는 쉬쉬하는 듯 정문을 빠져나갔다.

세영과 민숙이 저만치 앞서가고 있고, 그 뒤를 인수와 수연이 뒤따르는 꼴이 되었다.

수연은 아니겠지, 하며 몇 번을 망설이다가 결국 물었다.

"오빠."

"응?"

"저 궁금한 게 일 있는데요."

"어, 말해. 이도 괜찮아."

수연이 발을 멈추었다.

인수도 발을 멈추었다.

"그 세영이라는 분."

수연의 시선이 앞서가고 있는 세영을 가리켰다.

"맞아."

수연의 두 눈이 동그래졌다.

"진짜요?"

"응."

수연은 잠시 할 말을 잃었다.

"그러면 제가 속도 모르고 껴서……."

"아냐. 앉아 있는데 우연히 앞에 앉더라고. 너도 그렇
고."

"아…… 제가 방해해서 죄송해요!"

수연은 몹시 당황스러웠다.

그래서 두서없이 말이 튀어나왔다.

"아니라니까."

"아, 네…… 저 먼저 갈게요!"

수연이 뒤돌아 총총걸음으로 도망치듯 걸어갔다.

"뭐야? 수연아 그쪽 아니고, 이쪽이야. 같이 가."

인수가 뒤돌아 따라오자, 수연이 재빨리 뒤돌아 손을 흔들며 소리쳤다.

"아니요! 저 그냥 갈게요! 여기로 가도 돼요! 오빠, 다음에 봬요! 가세요! 앞으로 가세요!"

"뭘 앞으로 가?"

"아니요, 오빠는…… 앞으로 가세요! 앞으로! 이쪽으로 오시면 안 돼요!"

"뭐래?"

"저 갈게요!"

수연은 씩씩하게 인사하고 뒤돌아 뛰어가 버렸다.

인수는 수연의 뒷모습을 잠시 보다가 방향을 틀었다.

한참을 뛰어가던 수연이 문득 멈추어 뒤돌아보았다.

인수의 등이 보였다.

정말 가라고 하면 가는구나…….

수연은 이런 생각을 하며 힘없이 다시 발길을 돌렸다.

그리고 인혜를 만났다.

울지 않으려고 했는데, 티내지 않으려고 했는데.

꾹 참으려고 했는데.

"그 그릇을 밀어서 엎어 버릴걸 그랬어."

"도대체 뭔 소리야? 미친 것들이 진짜! 남의 식당에서 설렁탕 그릇을 왜 엎어? 그걸 시키는 놈이나, 인제 와서 안 밀었다고 후회하는 년이나."

"나 너무 힘들어. 아무것도 못 하겠어. 하루 종일 오빠 생각하다가 잠들잖아? 다시 깨는 순간부터 오빠가 생각나. 나 이러다 정말 미칠 것 같아."

수연은 통곡한 뒤, 진정되지 않은 채로 흐느끼며 겨우겨우 말을 이어갔다.

"나 그냥 죽어 버릴까? 응? 나 이제 어떡해야 하는 거야?"

수연은 인혜에게 안겨 다시 또 펑펑 울고 말았다.

"이 나쁜 새끼! 오늘 죽었어! 어디서 양다리를 걸치고 지랄이야!"

"아, 그게 아니라니까! 으앙."

"아니긴 뭐가 아니야! 딴 년이 있으면 진즉에 말을 했어야지! 와, 사람을 이렇게 갖고 노나?"

"아 그게 아니라고! 으앙!"

두 사람의 대화는 따로 놀 뿐이었다.

"너 그만 울어. 아, 뭘 잘했다고 질질 짜고 지랄이야 지랄이! 일어서! 언능 일어서! 아, 쫌 고만 울고 일어나라고!"

인혜가 수연을 일으켜 세웠지만, 수연은 다시 주저앉아 울고만 있을 뿐이었다.

"아, 쫌!"

"으앙, 나 죽어 버릴 거야!"

"오메, 이 염병할 년이! 총찬한 년이! 연덕빠진 년! 니가 죽긴 왜 죽어! 가자! 집에 가서 이 나쁜 새끼 머리카락을 내가 다 뽑아 버릴게! 일어서!"

인혜의 입에서 엄마의 말투가 사정없이 튀어나왔다.

"오빠 머리를 왜 뽑아!"

"아 진짜! 그럼 나보고 어쩌라고!"

인혜가 결국 소리를 빽 내질렀다.

진짜 마음 같아서는 확 그냥 같이 물에 빠져 죽어 버리고 싶은 심정이었다.


◇  ◆  ◇


세영의 아파트 단지 내 공원.

민숙이 그네를 발로 밀며 호들갑을 떨 듯 쉴 새 없이 떠들어 대고, 세영은 그 옆에서 나란히 그네를 밀며 잠자코 듣고만 있다.

"둘이 사귀나 봐? 그치? 근데 걔 엄청 예쁘더라. 어쩜 그렇게 예쁘지? 비주얼이 아주. 우린 뭐 찐따같아. 세상은 왜 이렇게 불공평한 거야? 다리가 와…… 어떻게 그렇게 길지? 뭐 당장 아이돌로 데뷔해도 되겠더라."

민숙이 그네를 밀던 두 다리를 앞으로 쭉 내뻗었다.

"에이 씨. 이게 다리야? 짜증 나."

여기서 세영이 발끈했다.

"우리가 뭐 어때서?"

"어때는 뭐가 어때야? 우리 꼬라지를 좀 보고 말을 해라."

"이 가시나가 우리 꼬라지가 뭐 어쨌다고. 갑자기 웬 비관?"

"지금 비관 안 하게 생겼냐고. 암튼 선남선녀들이더라. 아, 부러워."

"부러우면 지는 거야."

"에이, 몰라."

민숙이 벌떡 일어나 공원을 먼저 빠져나가며 세영에게 손을 흔들었다.

"그래 가서 발 씻고 잠이나 자라."

"간다."

"그래, 안녕."

세영도 손을 흔들고는 공원을 빠져나왔다.

경비실을 지나쳐 집을 향해 가는데, 출입구 앞에 한 무리의 남자들이 모여 있는 것을 보았다.

"아빠?"

"오, 내 딸!"

김영국은 비틀거리는 것이 술에 잔뜩 취한 상태였다.

"우리 김 사장님 따님이시네?"

세영은 순간 불쾌해졌다.

색안경부터 시작해서 차라리 궤멸에 가까운 못생긴 치열 까지.

딱 봐도 건달인 데다가 뭐 하나 맘에 드는 게 없는 사람 이었다.

"들어가자! 들어가! 그럼, 안녕히 가십시오!"

김영국이 김운택과 김서용에게 인사하고는 뒤돌아섰다.

"안녕히 가세요."

세영도 할 수 없이 인사했다.

"에이, 잠깐 잠깐. 우리 딸 돈 줘야지."

"맞아. 용돈 줘야지. 어디 보자."

김운택과 김서용이 서로 앞다투어 지갑을 열었다.

"괜찮습니다."

세영이 정중하게 거절하고는 돌아섰다.

"에이. 뭐가 괜찮아."

하지만 그 팔을 뒤에서 김서용이 꽉 붙잡았다.

세영은 깜짝 놀랐다.

힘을 써도 그 팔을 뿌리치지 못했다.

옆에 아빠가 있는데도 김서용이 꽉 붙잡고 있기 때문이 었다.

"자! 10만 원!"

김운택이 먼저 돈을 꺼내어 주었다.

"아니요, 이러지 마세요."

트리니티 레볼루션
Trinity
Revolution 2

164

세영이 사정하듯 말했다.

그러자 김서용이 세영의 손을 놓아주더니 지갑에서 돈을 한 뭉치 꺼내었다.

"자, 어른이 주면 '감사합니다.' 하고 받는 거야."

김서용은 그 돈을 세어 보지도 않고는 세영의 한쪽 손을 강제로 붙잡아 탁 쥐어 주었다.

"예뻐. 응? 아주 예뻐."

세영은 색안경 너머로 자신의 가슴을 훑고 있는 음흉한 눈을 보았다.

"아이구, 애한테 무슨 돈을 그렇게……."

김영국은 뒤에서 우물쭈물할 뿐이었다.

세영은 그 돈을 던져 버리고 싶었지만, 차마 그럴 수가 없었다.

받지 않기 위해 다시 내밀어 거부하면, 김서용은 또 다시 세영의 손을 붙잡을 것만 같아 그것도 싫었다.

그렇게 어찌하지 못하고 있는 그때였다.

"자, 자! 분위기 좋은데, 오늘 김 사장님 댁에서 끝장을 볼까요?"

김영국이 화들짝 놀랬다.

"안 돼요! 돌아가세요!"

세영이 소리를 빽 내질렀다.

"이 돈도 필요 없어요! 싫다는데 왜 이러세요?"

세영은 실랑이를 벌이는 것 자체도 싫었고, 더러운 손에 다시 잡히는 것도 싫었지만, 이대로 돈을 받는 것도 정말 싫었다.

"어이구, 우리 딸 까칠하네? 자, 자! 그럼 갑시다! 김 사장님, 안녕히 들어가십시오!"

김서용은 김운택의 등을 강제로 돌리고는 도망치듯 멀어졌다.

그렇게 걸으며 혼자 중얼거렸다.

"어린년이 성질하고는. 지 아빠랑 전혀 안 닮았네."

김운택이 듣고는 맞장구를 쳤다.

"엄마 닮았나 보지."

김서용이 못생긴 치열을 드러내며 씩 웃었다.


세영은 멀어져 가는 두 사람의 뒷모습을 한동안 노려보았다.

분이 풀리지가 않았다.

저 인간들보다 아빠가 더 미웠다.

돈을 쥐고 있는 손에 힘이 꾹 들어갔다.

아빠에게 뭐라고 따지고 싶지만, 아빠는 이미 인사불성이었다.

"우리 딸 뭐해? 들어가야지?"

김영국이 딸꾹거리며 말했다.

"먼저 들어가세요."

"우리 딸 어디 갈 거야?"

"아뇨. 어디 안 가요. 저 여기서 바람 좀 쐬고 들어갈게요. 먼저 들어가세요."

그렇게 말하고 있는데, 김영국이 계단에 털썩 주저앉았다.

그러더니 속의 것을 마구 토해 내기 시작했다.

"후!"

세영은 열이 뻗쳐 오는 것을 겨우 참으며 아빠의 등을 쳐 주었다.

"못 이기는 술을 이렇게 드시면 어떡해요!"

"우리 딸 아빠가 미안…… 우웩!"

세영은 엄마에게 전화를 걸었다.

잠시 후, 엄마가 나와서 아빠와 함께 들어갔다.

"전 좀 이따 들어갈게요."

바람이 찼지만, 열이 뻗쳐 시원할 지경이었다.

집 안으로 들어가고 싶지가 않았다.

그렇게 서서 분을 삭이고 있던 세영은 문득 경비실 뒤편, 어둠 속에서 매우 익숙한 뒷모습을 본 것 같았다.

"……?"

세영은 확인을 위해 가까이 다가갔다.

그렇게 가까이 다가가서 확인했을 때는 전혀 모르는

남자가 거기에 서 있었다.

사위가 어두운 탓에 상대방의 얼굴을 똑바로 볼 수가 없었다.

더군다나 그 남자는 길을 잃은 사람처럼 주변을 두리번거리고 있었는데, 알아들을 수 없는 중국말을 혼자 내뱉고 있는 중이었다.

"조선족인가?"

세영은 고개를 갸우뚱거리며 뒤돌아섰다.

하지만 이상한 예감에 발이 떨어지지가 않아 다시 뒤돌아 그 남자를 보았다.

얼굴을 좀 똑똑히 보고 싶었다.

"……?"

순간 세영은 고개를 갸우뚱거렸다.

어둠 속이라 얼굴을 확인할 수는 없지만, 그 조선족 남자는 어디로 가고 없고 앳된 소년이 그 자리에 서 있는 것만 같았다.

더 이상한 것은, 이번에 하는 말은 정말 알아들을 수가 없었다.

이 세계의 언어가 아닌 것 같았다.

여전히 길을 잃은 아이처럼 주위를 두리번거리고 있는 것은 마찬가지였다.

세영이 호기심이 일어나 앞으로 한 발 더 가까이 다가가는 그때였다.

풀썩.

그 소년이 맥없이 쓰러졌다.

"저기, 저기요!"

세영이 깜짝 놀라서 앞으로 다가오는 그때, 그 소년이 다시 벌떡 일어났다.

이번에는 세영이 익히 잘 알고 있는 사람이 틀림없었다.

어둠에 가려 얼굴을 확인할 수는 없었지만 느낌이 있었다.

"저기, 혹시……."

세영은 확인을 위해 가까이 다가갔지만, 상대방은 고개를 저으며 뒤로 물러나더니 빠른 걸음으로 도망치듯 사라져 버렸다.

세영은 더 이상 쫓아갈 수가 없었다.

찬바람만 횡, 하니 불어올 뿐이었다.

◇ ◆ ◇

세영의 아파트를 빠져나와 빠른 걸음으로 걷던 인수는 편의점 유리창에 자신의 모습이 비쳐지자 발을 멈추었다.

유리창에 비친 모습은 분명 인수 자신의 모습이었다.

하지만 방금 전, 뜻하지 않았던 일이 일어나고야 말았다.

세영의 앞에서 바수라와 위소의 인격이 독립적으로 번갈아 가며 나타난 것이었다.

두 사람의 인격이 나타나면 외모까지도 변했다.

그래도 다행이라면 다행인 것은, 다른 인격으로 변할 때 뇌에서는 기억을 처리하는 부분이 멈추지 않고 기능을 유지하고 있다는 것이었다.

이것은 뇌가 기억을 잃어버리는 보통의 다중인격 장애와는 분명 차이가 있는 것이었다.

하지만 새롭게 나타난 인격을 통제하지 못한다면 차라리 기억을 못하는 편이 더 마음 편할 수도 있으리라.

"숙제가 또 하나 생겨 버렸네."

인수가 편의점 유리창에 비친 자신의 얼굴을 보며 한숨처럼 말했다.

바수라와 위소의 인격이 드러날 때마다 이들을 통제하기 위해서는 먼저 이들에게 이 세계를 이해시키는 일이 선행되어야만 했다.

그리고 가족들이 놀라기 전에, 독립된 공간을 마련할 필요도 있었다.

"방도 따로 얻어서 나가야겠네."

인수는 무조건 반대할 엄마의 얼굴을 떠올리다 보니, 씁쓸한 웃음을 지을 수밖에 없었다.

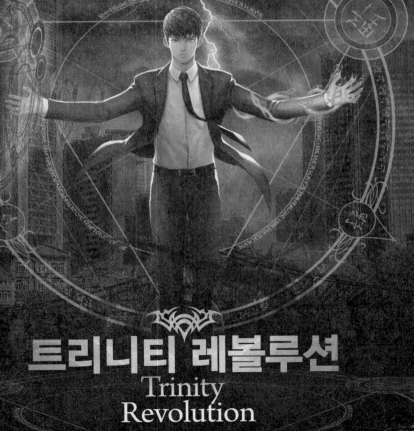

# 트리니티 레볼루션
## Trinity
## Revolution

# 제15장 치유와 성장

인수는 자신에게 찾아온 새로운 문제를 해결할 겨를도 없이, 경석이 자꾸 눈에 밟혀 나서야만 했다.

소문에 의하면, 말 그대로 울면서 공부만 하고 있단다.

뭐 하나 되는 일이 없고, 자신이 할 수 있는 것은 공부밖에는 없으니 병적으로 공부에만 집착하고 있었다.

문제는 여기서부터 시작했다.

기억에 따르면, 결국 공부에만 집착하던 경석은 2학년 1학기 때부터 친구들과도 멀어지고 영호 패거리들에게 시달림을 받기 시작하더니, 급기야 자살을 시도했었다.

◇ ◆ ◇

경석의 아파트 공원.

인수는 일부러 찾아가 경석이를 따로 불러 만났다.

다른 친구들 전화는 받지도 않는다고 했는데, 그래도 자신의 전화를 받아서 다행이라고 생각했다.

"여기까지 어쩐 일이야?"

경석이 공원을 기웃거리다가 인수를 발견하고는 들어와 벤치에 앉았다.

"보고 싶어 왔지."

"그래……."

"너 요즘 뭔 일 있냐? 애가 왜 이렇게 맥을 못 써? 너 미친 듯이 공부만 한다며?"

"후!"

경석이는 인수의 말에 한숨으로만 대답했다.

"왜 그래?"

"집에 일이 좀 있어."

"뭔 일이기에 너 같은 클래스가 다 흔들려?"

"내가 뭘 흔들려? 죽어라 공부만 하고 있는데."

"그게 흔들리고 있는 거지 뭐냐. 너답지 않아."

"나다운 게 뭔데? 내가 할 수 있는 건 공부뿐이야."

"그래? 그런데 왜 난 네가 현실에서 도피하고 싶어 공부

에만 집착하는 것으로 보이는 걸까?'

경석은 한동안 입을 열지 않았다.

인수도 마냥 기다려 줄 수밖에 없었다.

그렇게 시간이 얼마나 지나갔을까?

마침내 경석이 입을 열었다.

"엄마가……."

"엄마 왜?"

"사이비에 미친 거 같아."

"잉?"

"요즘 집에 들어가기도 싫어. 아빠랑 엄마랑 매일 싸우고. 누나는 갈수록……."

"누나는 또 왜?"

경석이는 더 이상 말하지 않았다.

"인수야, 관심 가져주는 건 고마운데. 뭐 해결되는 것도 아니고. 그냥 괴롭다. 나 들어가서 공부할래. 너도 그만 들어가 봐."

"흠……."

인수는 힘들어하는 경석의 옆모습을 보며 잠시 생각에 잠겼다.

경석이는 얼굴에 동그란 안경만 보이는 녀석이었다.

머리스타일은 바가지머리를 해서 꺼벙해 보이기까지 했다.

"말해 봐. 짜샤."

인수가 어깨동무를 하고는 팔을 붙잡은 손에 힘을 꾹 주었다.

그러자 경석의 어깨가 흔들리더니 기어코 안경 밑으로 뜨거운 눈물이 주르륵 흘러내렸다.

그 눈물은 턱 밑으로 뚝뚝 떨어졌다.

"뭐야? 남자가 울어?"

"우리 누나 점점 죽어 가. 루게릭이라 꾸준한 치료를 받아도 시원찮을 판인데, 엄마는 사이비 교주에게 미쳐서 계속 방치만 하고 있고."

인수의 인상이 살짝 굳어졌다.

"그동안 돈도 엄청 갖다 바쳐서 아빠랑 이혼하기 일보직전이야."

경석이는 인수의 팔에 안긴 채로 엉엉 울고 말았다.

'이 자식. 얼마나 힘들었으면……'

후련하게 울고 난 경석이가 인수를 보며 말했다.

"근데, 어째 넌 한참 위에 형 같지?"

"아…… 그래?"

인수가 경석의 바가지머리를 흔들어 헝클어 놓았다.

"오늘 너희 집에 같이 가 보자."

"아냐, 아냐."

경석이는 깜짝 놀랐다.

자신의 집안 꼴을 인수에게 보여 주고 싶지가 않았다.

"아니긴 뭐가 아니야. 들어가자."

인수가 먼저 일어서서 앞장서자, 경석이가 턱 밑의 눈물을 훔치며 뒤를 따랐다.

이때까지만 해도 경석은 자신의 집안 일이 한 방에 해결될 것이라고는 상상도 하지 못했다.

◇ ◆ ◇

경석의 집.

경석이를 따라 신발을 벗고 거실로 들어선 인수는 굳게 닫힌 방문을 눈으로 가리키며 말했다.

"병원에서는 뭐라 그래?"

"병원에서도 딱히…… 근데 여기저기 많이 다녀봤어."

"경석아. 루게릭은 억제가 가능해."

"나도 알아."

"그러면 꾸준히 재활 치료도 하고 약물 치료도 해야지."

"그래. 근데, 엄마가 누나를 저 안에 가두어 두고는 매일 기도만 하고 있으니."

경석의 얼굴이 걱정과 슬픔으로 얼룩졌다.

동그란 뿔테 안경만 보이는 그 얼굴은 나도 답답해 죽겠다는 표정이었다.

"경석아. 내가 재활 마사지를 정말 잘하거든? 봉사활동 나가면 어르신들이 정말 좋아해. 나한테 마사지 한 번 받으시면 기운이 막 솟아나신데."

인수가 활짝 웃었다.

"아, 그래?"

인수는 경석의 몸을 뒤로 돌려 어깨를 주물러 주었다.

"가만있어 봐."

내공을 실어 경직된 근육을 풀어 주니 경석의 입에서 오, 하는 감탄사가 저절로 새어 나왔다.

"괜찮지?"

"와, 이거 진짜 장난 아닌데?"

"누나도 내 마사지 한번 받아 보면……."

"아서라, 인수야. 네가 똑똑한 애라는 건 잘 알지만, 이건 남의 가정사야. 그리고 이게 마사지 받는 거로 해결되는 일도 아니고."

"마. 어떻게든 너를 돕고 싶어서 그래."

경석은 잠시 생각에 잠겼다.

인수가 그런 경석의 뒤통수에 대고 속삭이듯 말했다.

"어쨌든 친구 집에 왔는데 어머님께 인사는 드려야지 않겠어?"

"하긴."

경석은 누나가 누워 있는 방문을 노크했다.

똑똑똑.

노크를 하는 경석의 손이 떨렸다.

어제도 오전에 500만 원이 인출된 사실을 아빠가 알고는 엄마와 대판 싸웠다.

이번 달만 해도 경석의 엄마 최효숙은 1,500만 원을 인출했다.

그 돈은 최효숙이 믿고 있는 사이비종교의 성감이란 자가 성도들을 데리고 와서 단체 기도를 해 준 대가로 챙겨 갔다.

다시 똑똑똑.

안에서 대답이 없자, 경석이 문을 살짝 열어 보았다.

"문 닫아. 방해되니까 들어오지 마."

안에서 차가운 여자의 목소리가 새어 나왔다.

단호한 목소리였다.

"엄마도 좀 쉬어."

"내가 알아서 해. 문 닫아."

인수는 경석의 어머니에게 마법을 걸어 버리고 싶었지만 참았다.

최면 마법으로 충분히 이들을 통제할 수 있었지만, 이들이 가진 문제는 스스로 인식하고 극복해야 경석이 진정으로 가족을 되찾고 행복해질 것이었다.

경석이 살짝 열린 문 틈사이로, 방 안을 둘러보며 한숨을 내쉬었다.

인수도 뒤에서 안을 들여다보았다.

칙칙한 냄새가 나는 방 안에서는 멀쩡한 여자가 말라 죽어 가고 있는 것도 모자라 무슨 부처도 아닌, 얼굴이 귓불만 냅다 길게 축 처져 있는 얼굴을 가진 동상이 셋.

무당들의 굿판에서나 볼 법한 양초와 오색 천들로 장식된 차림 상 앞에서 두 손을 모으고 싹싹 빌며 방언을 내뱉고 있는 최효숙을 보고 있노라니 한숨이 푹푹 터져 나오고야 말았다.

'요즘도 이렇게 당하는 사람들이 있나?'

"엄마……."

경석은 아빠의 얼굴을 떠올렸다.

경석의 아빠 김종윤은 너무나도 화가 나서 이성을 잃고는 저 상과 동상들을 몇 번이나 뒤집어엎고, 부수며 말렸다.

하지만 그럴수록 아내인 최효숙의 증상은 더욱 심해지기만 했다.

조효연 성감이라는 자가 성도들을 이끌고 와서 단체 기도를 하고 나면, 그 사기꾼 조효연은 누나인 김경아를 억지로 일으켜 세워 혼자서 소변을 보게 했다.

그리고는 그것을 기적이라며 화장실 앞에서 소리쳤다.

"보아라! 기도가 응답받았다! 여기 기적이 임했도다!"

김종윤이 최근 마지막으로 난리를 피웠을 때, 그 성감이라는 자가 이 집 식구들의 목숨은 모두 다 자신과 연결되어 있다며 경고했었다.

남편과 잠자리를 가지면 그간의 모든 노력이 수포로 돌아간다고 했기에 최효숙은 각방을 사용했고, 철저하게 고립되어 있는 상태였다.

이제는 경석도, 경석의 아빠도 완전히 포기한 상태였다.

한 번 곪은 상처는 계속해서 곪아 갔다.

더 이상 손을 쓸 수가 없을 정도로.

경석은 다시 거실로 돌아와 힘없이 소파에 주저앉았다.

방법은 하나.

인수는 화이트존을 생성시켜 김경아의 의식 속으로 파고 들어 갔다.


최효숙은 두 손을 싹싹 비는 것도 모자라 방언을 쏟아 내며 기도를 하는데, 누워 있는 딸이 갑자기 말을 하자 깜짝 놀랐다.

"누구신가요?"

[당신을 돕고 싶습니다. 이대로라면 당신은 2년 뒤에 죽게 됩니다. 비록 몸은 아프지만, 정신은 누구보다 건강하다는 걸 잘 알고 있습니다. 저를 안으로 들여보내 주세요.]

"엄마."

"경아야, 왜 그래? 너 방금 누구한테 말한 거니?"

"엄마 기도가 통했나 봐요."

"응?"

"손님…… 들어오시게 해요."

최효숙은 화들짝 놀라 일어서서 문을 활짝 열었다.

그제야 경석의 옆에 앉아 있는 인수를 똑바로 보았다.

하지만 인수가 같은 학부모 모임에서 만난 선숙 언니의 아들이라는 것은 알지 못했다.

"저기요…… 들어오시겠어요?"

경석의 두 눈이 동그래졌다.

"네."

인수는 최효숙에게 고개를 숙여 인사하고는 방 안으로 들어갔다.


인수는 본격적으로 김경아의 치료에 들어갔다.

틈틈이 동양의학을 공부했었고, 루게릭에 관한 해법을 찾는 과정에서 깨닫게 된 사실이 하나 있었다.

김경아의 치료를 성공적으로 마치기 위해서는 뇌신경 세포 내의 효소 중 하나인 'INPP4A'를 지속적으로 이끌어 낼 수 있어야만 했다.

그 효소가 근육 세포를 파괴하는 글루타민산을 억제하기 때문이었다.

그것을 해낼 수만 있다면, 김경아의 상태는 더 이상 악화 되지 않을 것이다.

하지만 그것은 반쪽짜리 치료였다.

최효숙의 눈에는 인수가 단순한 마사지를 하는 것처럼 보였지만, 인수는 단전의 내공을 끌어올려 김경아의 경직 된 근육에 어혈이 쌓이지 않도록 그 기운을 나누어 주고 있 었다.

재활을 위한 과정이었다.

문제는 치료를 진행하는 과정 가운데 인수의 단전에 쌓 여 있는 한 줌의 내공이 고갈되는 속도가 빠르다는 것이었 다.

만약 이 속도로 단전의 내공이 완전히 고갈되면, 치료는 그만큼 더뎌질 것이다.

김경아의 몸 상태가 더디게 치료된다면 조효연의 입을 차단하기가 어렵게 된다.

그럼에도 불구하고 다른 길은 없었다.

그렇게 시간이 얼마나 지났을까?

갑자기 방문이 활짝 열리며 호통 소리가 울려 퍼졌다.

"그만둬! 다 그만두고 나가! 당장 나가!"

경석의 아빠 김종윤이었다.

집에 들어와서 보니 못 보던 신발이 놓여 있었고, 또다시 사기꾼들이 들어왔다고 판단해 광분한 것이었다.

183

김종윤의 두 눈에는 모두가 미치광이들로만 보일 수밖에 없었는데, 집 안은 썩은 냄새로 가득해 진동했고 여기저기 곰팡이가 피어 있는 것처럼 보여 더 이상 참을 수가 없었다.

　　"다 미쳤어! 다 미쳤다고! 나가! 네 이놈! 우리 집에서 당장 나가! 빨리 나가라고!"

　　김종윤이 인수에게 삿대질을 하며 소리치는 그때였다.

　　짜악.

　　최효숙이 일어나서 남편의 뺨을 때려 버렸다.

　　"감히 어디서!"

　　짜악. 짜악.

　　김종윤이 놀란 눈을 하고 있자, 최효숙은 남편의 뺨을 두 대 더 때려 버렸다.

　　"이 미친 여편네가……."

　　결국 김종윤도 참지 못하고, 아내의 뺨을 사정없이 날려 버렸다.

　　쫘아악.

　　뺨을 얻어맞은 최효숙이 풀썩 쓰러지고 말았다.

　　"아빠!"

　　경석이 아빠의 허리를 붙잡고 말렸다.

　　'젠장.'

　　인수는 안타까웠지만, 그만둘 수가 없었다.

"슬립."

일단 김종윤을 수면 마법으로 재웠다.

거칠게 난동을 피우던 김종윤이 갑자기 늘어지게 하품을 하더니 침대방으로 들어가 벌러덩 누워 코를 골자, 경석은 순간 벌어진 일을 받아들이지 못하고 두 눈만 깜박거리고 서 있었다.

그렇게 김경아의 치료는 계속 진행되었다.

집에다가는 새 학기 진단평가를 준비해야 한다는 핑계를 댔기에 귀가시간이 늦어도 지장은 없었다.


최효숙은 단 하루도 빠지지 않고 찾아와 밤늦도록 지극 정성으로 달의 전신을 마사지하는 인수가 너무나도 고마웠다.

식은땀을 흘리며 몇 번을 까무러쳤다가도 다시 일어나 온 정성을 쏟아붓는 인수를 보고 있노라니, 자신은 엄마임에도 불구하고 저렇게까지 할 수는 없을 것 같았다.

그렇게 한 달이 지나갔다.

달력이 1월을 훌쩍 넘어 2월이 시작되던 어느 날이었다.

김경아가 교정기에 몸을 의지해 스스로 거동하기 시작하자, 인제 최효숙과 김종윤은 인수가 집에 오기만을 간절히 기다렸다.

한데, 이 인수가 그 인수란다.

선숙 언니의 아들.

"네가 그 인수야? 선숙이 언니 아들?"

"네. 엄마한테는 비밀로 해 주세요."

"아니지. 언니한테 고맙다는 말을 해야지."

"나중에 하시는 게 좋을 거 같아요. 공부 시간 빼앗긴다고 싫어하실 수도 있으니까요."

"그래…… 근데, 그래도……."

그 뒤로도, 두 부부는 아들인 경석에게 인수에 대해 자꾸자꾸 물었다.

그럴 때면 경석은 자기가 보아도 정말 신기한 친구라고 대답했다.

하지만 최효숙은 아직까지도 인수를 조효연 성감이 보낸 사람으로 믿었다.


이제 인수는 방문을 열어 두게 했다.

인수는 몇 번을 까무러쳤다가도 다시 깨어나 김경아에게 자신의 모든 내공을 쏟아부었다.

그렇게 단전의 내공이 완전히 고갈되었을 때였다.

우우웅.

서클이 저절로 회전하며 주변의 기운을 진공청소기처럼 단전으로 끌어왔다.

인수로서는 뜻밖의 횡재였고, 그만큼 놀라운 경험이었다.

선행을 베푸니 이런 일도 다 있구나 싶었다.

다음 날.

김경아는 이제 침대에 누워 있는 것을 거부하기 시작했다.

여전히 교정기에 의지했지만 밖으로 나와 소파에 앉아 있는 시간이 많아졌고, 혼자서 화장실을 가는 것은 일상적인 일이 되었다.

경석과 경석의 아빠는 인수가 보여 준 기적에 놀라웠고, 인수를 향한 고마운 감정을 커져만 갔다.

"그럼 이걸 다 밖으로 옮겨야겠네?"

단지 최효숙만 정신을 못 차리고 있었다.

방 안에 놓인, 의식을 위한 도구들과 동상들을 비롯한 장식품들을 거실로 옮겨 오자 딸인 김경아가 질색하며 반대했다.

"엄마…… 나 싫어. 정말 싫어."

"아주머니. 아직은 아닙니다. 일단 그대로 두세요."

인수도 당연히 반대했다.

방문을 닫아 버렸다.

최효숙은 아직까지도 인수를 조효연 성감이 보낸 치료사라고 생각하고 있었기에, 고개를 갸우뚱하면서도 일단 무조건 따랐다.

◇ ◆ ◇

다음 날, 경석의 가족은 기적을 직접 목격했다.

김경아는 가족들과 함께 밖으로 나갔다.

경석은 교정기도 없이도 혼자서 걷기 시작하는 것도 모자라 건강한 모습으로 산책하는 누나를 뒤따르며 눈물을 흘렸다.

최효숙과 김종윤 역시 걸음마를 뗀 아이를 지켜보는 심정으로 언제 넘어질지 몰라 벌벌 떨며 딸의 뒤를 따랐다.

꽤 오랜 시간을 걸었다.

"엄마. 나 지금 너무 좋아."

김경아가 나무 그늘 아래에서 두 팔을 활짝 펼친 상태로 하늘을 보며 말했다.

결국 최효숙이 눈물을 터트리자, 김종윤도 눈물을 흘리고 말았다.

경석도 턱 밑으로 줄줄 흘러내리는 눈물을 훔치기에 바빴다.

◇ ◆ ◇

최효숙은 건강해진 딸과 함께 오랜만에 음식솜씨를 발휘했다.

경석의 가족은 오랜만에 네 사람이 식탁에 앉아 식사를 했다.

거기에 소중한 손님인 인수가 함께했다.

김종윤은 반주로 마신 술에 알딸딸하게 취해서 몇 번이고 인수에게 술을 권했고, 경아가 계속 말렸다.

"아빠. 이제 겨우 고1이에요. 술을 주면 어떡해요."

"그러게. 근데 인수 군은 술 마셔도 될 거 같단 말이지. 괜찮아, 어른이 한 잔 주는 건. 자, 받아."

"하하하. 빨리 성인이 되고 싶습니다."

인수가 소주잔을 들었다.

김종윤이 따라주는 술을 받는 그 자세가 어째 전혀 어색하지 않았다.

"그래. 자네 성인이 되면 우리 코가 삐뚤어지게 마셔 보세."

김종윤이 잔을 들어 올렸다. 건배.

최효숙은 계속해서 음식을 지지고 볶아, 인수의 앞으로 반찬을 옮겨 주었다.

"꿈을 꾸고 있는 것만 같아. 죽을 날만 기다렸는데."

"누나. 이거 꿈 아니야."

"그래. 만약에 꿈이라면…… 절대로 깨지 말았으면 좋겠어."

경석이 문득, 인수와 누나를 번갈아 보았다.

"둘이 잘 어울린다."

"얘는 뭔 소리야?"

"아, 그래?"

인수가 활짝 웃었다.

"맞아. 둘이 정말 잘 어울려."

김종윤까지 인수가 탐이 나서 합세하자, 경아의 얼굴이 발개졌다.

"하하하하!"

김종윤이 큰 목소리로 웃었다.

그때 최효숙이 주방에서 어깨를 들썩거렸다.

터져 나올 것만 같은 울음을 겨우겨우 참고 있는 중이었다.

마음을 진정시킨 최효숙은 방으로 조용히 들어가, 김선숙에게 전화를 걸어 무작정 고맙다고만 말했다.

그러니 김선숙 여사는 이 여편네가 미쳤다고만 생각할 뿐이었다.

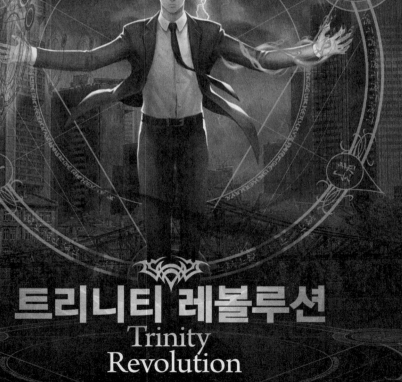

# 트리니티 레볼루션
## Trinity
## Revolution

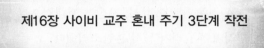

## 제16장 사이비 교주 혼내 주기 3단계 작전

집으로 돌아와 침대에 드러누운 인수는 뿌듯했다.

단전의 내공이 완전히 고갈되었을 때야 비로소 새로운 희망이 생겨났다.

인수는 두려워하지 않았다.

한 생명을 구하기 위해 목숨을 걸고 정성껏 내공을 쏟아 부은 것이 오히려 좋은 결과를 낳았다.

고단함과 뿌듯함으로 기지개를 활짝 켜던 인수의 얼굴이 갑자기 굳어졌다.

한 가지 처리해야 할 문제가 남아 있기 때문이었다.

하지만 인수는 그다지 걱정하지 않았다.

실로 오랜만에 기쁜 마음으로 깊은 잠에 빠져들었다.

◇ ◆ ◇

한편 최효숙은 기쁨도 잠시, 자신이 절대적으로 믿어 온 것들이 뿌리째 흔들리자 몹시 혼란스러웠다.

"지금부터가 중요해요."

"뭐가?"

"조효연은 사기꾼이니까요."

"아니야. 그럴 리가 없어. 그분은……."

"사기꾼입니다. 궁지에 몰리시다 보니 아주머니께서 사람을 제대로 보지 못한 것뿐이에요. 지금이라도 늦지 않았어요. 그들이 우리를 위해 해 줄 수 있는 일은 아무것도 없어요. 더 이상 그들에게 돈을 주면 안 됩니다."

최효숙은 인수를 굳게 믿고 있었지만, 한편으로는 이래도 되는 건지 두려웠다.

그것은 바로 조효연이 경고한, 딸을 비롯한 온 가족의 목숨과 자신의 목숨이 하나로 묶여 있다는 새빨간 거짓말 때문이었다.

'따님이 먼저 죽으면 아버님께서 교통사고를 당해 끔찍하게 죽게 됩니다. 그 다음은 이 집의 아드님이 자살을 하고, 성도의 가족을 지키지 못한 벌로 제가 급살을 맞게 될 겁니다. 비극의 종착역은 최 성도의 자살이지요. 그러니 따님은 반드시 살아야 합니다. 따님을 살릴 수 있는 사람은

오직 저뿐이고요.'

　최효숙은 엄마와 애착 관계가 끊겨 버린 유아처럼 불안
에 떨었다.


　인수가 경고를 한 다음 날이었다.

　최효숙의 집을 찾아온 조효연의 안색이 확 굳었다.

　"저는 따로 사람을 보내지 않았습니다."

　"그러면 상제께서……."

　"천존상제께서는 오직 저를 통해서만 기적을 행하십니
다."

　조효연이 인수에 대해 아무것도 모르고 있으니, 최효숙
은 도대체 이 현실을 어떻게 받아들여야 할지 난감할 뿐이
었다.

　"그놈은 잡귀입니다. 당장 의식을 치러야 할 것 같네요.
허허. 이거 잡귀 쫓는 의식은 경비가 만만치 않은데."

　최효숙은 인수의 말을 떠올렸다.

　'더 이상 돈을 주지 마세요. 따님을 살린 사람은 저이지,
그 사이비 집단이 아니라는 사실을 명심하세요.'

　최효숙은 흔들리기 시작했다. 하지만 처음으로 굳게 마
음을 먹었다.

　"일단 오늘은 돌아가세요. 생각할 시간이……."

　"어허! 지금 이 상황에 무슨 생각이 필요합니까? 잡귀한테

놀아나고 있는데! 이 집 식구들부터 시작해 저까지 죽게 만들 작정입니까?"

조효연이 소리치자, 최효숙은 심장이 다 떨어지는 것만 같았다.

이미 한번 기에서 밀린 상태인지라, 조효연의 말을 거역할 수가 없었다.

'절대로 흔들리면 안 됩니다.'

"오늘은 그만 돌아가 주세요. 부탁입니다!"

최효숙은 인수의 말을 떠올리며 단호하게 말했다.

그때 김경아는 겁에 질려 안방 옷장 속에 들어가 몸을 숨기고 있는 상태였다.

김경아는 근 2년 동안 저 사기꾼들에게 당했던 고초를 떠올리며, 자신의 병이 또 다시 악화되지는 않을까 하는 두려움에 떨고 있었다.

그리고 그와 동시에 저 인간이 무서웠다.

'조효연은 어설픈 사기꾼이어서, 아마 처음에는 순순히 물러날 겁니다.'

역시 인수의 예상대로 조효현은 뒤로 한발 물러섰다.

"알겠습니다. 최 성도의 마음이 그렇다면 일단은 돌아가겠습니다. 하지만 제 말을 반드시 명심해야 합니다. 우리의 목숨은 하나로 묶여 있다는 사실을 말입니다."

조효연이 돌아간 뒤로, 최효숙은 혹시나 딸 경아의 건강이 다시 악화되지는 않을지 노심초사하며 인수를 기다렸다.

하지만 김경아의 건강이 악화되는 일은 일어나지 않았다.

인수가 찾아오자 김경아는 이미 장롱 안에서 오줌을 싼 상태였고, 너무나도 억울해서 울음을 터트리고 말았다.

"또 언제 온데?"

김종윤은 드디어 결판을 내야 할 날이 왔다고 생각했다.

"이제는 정리를 해야 할 때네요."

인수는 최효숙을 설득해 커튼을 모조리 떼어 냈고, 장식들과 동상들을 모두 다 내다 버렸다.

그 모습을 지켜보고 있는 김종윤은 속이 다 시원했다.

"이제 본색을 드러낼 겁니다. 저런 사기꾼을 그냥 두면 앞으로 이 나라에도 큰일을 저지르게 될 테니까 아주 단단히 혼을 내 주어야 합니다."

솔직히 인수는 신천교라는 이름을 12년 뒤에도 들어 보지 못했다.

하는 짓을 보면 틀림없이 자멸했을 터.

그래도 이런 식으로 인간의 나약함을 이용해 제 사리사욕을 채우는 인간은 용서할 수가 없었다.

인수는 조효연을 혼내 주기 위한 3단계 작전을 구상했다.

그렇게 조효연이 다시 방문했을 때였다.

방 안이 깨끗하게 정리되어 있는 것을 본 조효연이 불같이 화를 내고야 말았다.

"이제 이 집의 딸 김경아는 근육에 이어 뇌가 마비되어 죽음에 이를지어다!"

그것은 차라리 저주에 가까웠다.

성도들이 동그랗게 원을 만들더니, 일제히 무릎을 꿇고는 방언을 읊조리기 시작했다.

그러자 조효연도 그 중심에서 두 팔을 벌리고는 무슨 주술을 펼치는 것처럼 방언을 터트려 댔다.

결국 안방에서 대기하고 있던 김종윤이 용기를 내어 거실로 튀어나왔다.

"이 미친 사기꾼들아! 뭐가 어쩌고 어째? 나가! 당장 내 집에서 나가! 이 미친놈들아!"

안방에서 김종윤이 갑자기 튀어나오자 조효연과 성도들은 깜짝 놀랐다.

"어허! 지금 뭐하는 겁니까? 그동안 따님을 살려 준 게 누군데!"

"웃기고 자빠졌네! 네놈들 아니거든? 당장 안 나가면 사람 부를 거야? 각오해야 할걸? 내가 지금 부르는 사람이 누군지 알기나 해? 네놈들 같은 사기꾼들은 무서워서 치를 떠는 사람이야!"

"어허! 그러시는 아버님이야말로 하늘이 두렵지 않습니까?

천존상제께서 지켜보시고 계십니다!"

"천존상제 같은 소리하고 자빠졌네! 빨랑 안 꺼져?"

두 다리가 후들거려 최효숙은 식탁 의자에 앉아 심호흡하기 시작했다.

"다들 기도합시다. 물러나면 안 됩니다! 우리의 간절한 기도가 모두의 목숨을 지켜 낼 것입니다."

조효연이 다시 방언을 터트리며 주술처럼 기도를 올리자, 성도들도 덩달아 방언을 터트리기 시작했다.

하지만 몇 사람은 '이게 아닌데……' 하며 슬슬 눈치를 살피는 중이었다.

"이거 진짜 안 되겠구먼. 이 사기꾼들이 사람을 뭐로 보고."

김종윤은 전화를 걸었다.

"차 검사님! 안녕하십니까? 저입니다!"

김종윤은 전화 상대에게 90도로 허리를 굽혀 인사를 한 뒤 스피커폰을 눌렀다.

그러자 상대방의 목소리가 거실에 울려 퍼졌다.

[어, 김 사장님. 어제 보고 오늘 또 어쩐 일?]

"이거 바쁘신 영감님께 죄송합니다."

[빨리 말해요. 빨리. 내가 지금 회의 들어가야 하니까.]

"제가 집안일이라서, 남부끄러워서 차마 말씀을 못 드렸는데요."

[아, 근데.]

"제가 사이비들한테 좀 엮여서……."

[에헤, 김 사장님은 나만 믿으라니까. 사이비를 믿고 그래?]

"아하하! 그렇죠! 저는 영감님만 믿죠! 근데, 제가 아니고……."

[가족 중에 누가 거기 빠졌나? 누구? 어디?]

"아, 네네! 집사람이 신천교라고…… 부끄럽습니다."

[신천교! 알지. 내가 알지. 그놈들 요즘 문제 많던데? 거기 신도 가족들이 고소를 해서 지금이라도 압수수색영장 신청할 수 있는데. 근데 사모님이 거기에 다 빠졌어? 어허. 이런 게 있었으면 어제 만났을 때 말했어야지.]

"그게, 그럴 만한 사정이 있었습니다. 인제야 아내가 정신을 차렸거든요."

[지금이라도 빠져나왔다니 다행이네. 그게 중요해 그게. 피해액은?]

"아이고, 부끄럽습니다."

[어허, 꽤 되나 보네. 그러면, 보자…… 거 누구더라? 제보 전담반 똑똑한 애 있는데. 내가 그 형사 전화번호 알려 줄 테니까 일단 그쪽으로 제보를 하고, 고소도 동시에 들어가요. 사이비 애들 박살 내는 거는 제보도 중요하거든. 그게 기만행위가 인정되어야 하니까 그러는 건데. 일단 내가 전

화 한 통 돌리고 법원에 영장 신청할 테니까.]

"알겠습니다! 영감님, 감사합니다!"

[참, 여기 중앙지검 출입기자단들에게도 연락을 해둘 테니까. 거 사모님 의지가 중요해요. 알겠죠?]

"아이고, 감사합니다."

[그럼, 나중에 봅시다.]

"아, 네! 네!"

김종윤이 굽실거리며 통화를 하고 있을 때 조효연이 현관 쪽으로 몸을 빼내고 있었다.

성도들도 조효연이 몸을 빼내는 모습을 보고는 당황하더니, 슬슬 뒤따라 나갔다.

"들었지? 당장 꺼져! 돌아가면 실력 있는 변호사, 아니 변호인단을 통째로 준비해야 할걸?"

꽁무니를 빼는 조효연의 모습에 최효숙은 어이가 없었다. 이제야 정신을 차리고 실체를 확인한 것이었다.

"이 나쁜 놈아! 내 돈 내놔!"

최효숙이 득달같이 달려들어 조효연의 머리채를 움켜잡으며 소리쳤다.

"어허! 이게 무슨 짓이야!"

조효연은 최효숙의 손을 뿌리치고는 재빨리 달아났다.

"아이고! 내가 미쳤지! 내가 미쳤어! 저런 사기꾼한테 속아서!"

"됐어. 이제 그만해."

김종윤은 이제라도 아내가 정신을 차리니 정말 다행이라고 생각했다.

차 검사는 바로 인수였다.

하지만 인수는 조효연을 용서할 수가 없었다.

인수는 조효연 혼내 주기 2단계에 돌입했다.

2단계 작전을 위해서는 최효숙을 통해 신천교의 조직도를 파악해야 했다.


신천교 건물.

인수는 성도들 틈으로 조용히 섞여 들어가 앉았다.

성도들 앞에서 설교 중인 조효연을 바라보았다. 가소로웠다.

"여러분 영생을 원하십니까? 영생만 하면 뭐합니까? 잘 살아야지요! 잘 살고 싶으십니까? 천존상제께서 어제 제 앞에 임하시매 엄청난 명령을 하셨습니다! 죽여라!'

신도들이 화들짝 놀라 웅성거리기 시작했다.

"무슨 말씀이실까요? 죽이십시오! 다른 신을 섬기고자 하는 마음, 의심하는 마음 모두 다 갈기갈기 찢어 죽이십시오! 지상천국이 건설될지어니, 의심하지 말지어다."

의심하지 말지어다!

성도들이 집단 최면에 걸린 것처럼 울부짖기 시작했다.

"저렇게 주둥이로 먹고 사는 것도 대단한 재주네. 하여튼 주둥이로 먹고 사는 놈들이 문제야."

서클을 돌리자 화이트존이 생성되었다.

김경아를 치료하는 과정에서 집중력이 향상된 덕분에, 서클이 회전하며 완성된 화이트존은 더욱 견고해져 있었다.

인수는 일단 가장 열성적인 성도를 찾아냈다.

두 팔을 벌리고 목을 놓아 울부짖는 것이 저러다 곧 죽을 것만 같았다.

"진짜 그냥 두면 죽겠네."

인수는 이제 조효연에게 환상 마법을 걸었다.

"모두 쳐 죽이십시오! 나를 믿지 않고 공격하는 무리들! 여러분들을 미쳤다고 하는 무리들! 그것이 형제고 부모라도 죽여야 합니다! 사람을 죽이라는 말이 아닙니다. 그 마음을 죽여야 합니다! 상제님의 나라에서는 모두 부자가 될지어니!"

부자 될지어니!

그때였다.

"끄허어어억…… 끄어어억!"

언제나 가장 열성적으로 기도했던 김 성도가 갑자기 숨이 넘어갈 것처럼 고통에 몸부림치는 것이 아닌가!

열정적으로 설교를 진행하던 조효연은 멈출 수밖에 없었다.

"어? 김 성도님, 왜 그러시는 겁니까?"

그러자 모두가 일제히 약속이라도 한 것처럼 울부짖음을 멈추고는 김 성도를 보았다.

김 성도는 결국 목을 부여잡더니 눈이 돌아간 채로 쓰러지고 말았다.

"뭐야! 왜 그래!"

조효연이 깜짝 놀라서 멍하니 서 있자, 설마하며 다가간 비서실장이 김 성도의 몸을 살펴보고는 화들짝 놀라고 말았다.

숨을 쉬지 않았고, 심장이 멈춰 있었다.

조효연의 얼굴이 사색이 된 채로 두 눈이 동그래졌다.

"죽었어?"

비서실장과 부감들이 김 성도의 죽음을 확인하며 고개를 끄덕였다.

"죽었습니다……."

조효연은 아찔해져 왔다.

최효숙이 제보와 동시에 고소를 했을 텐데, 설교 도중에 성도가 죽는 사고까지 발생했다.

그때 문을 부수고는 실내로 기자들이 들이닥쳤다.

카메라 셔터가 일제히 터지며 서로 앞다투어 질문을 해대자, 조효연은 몹시 당황스러웠다.

"에스비엔의 박태웅 기자입니다. 최효숙 씨의 제보를

받았습니다. 최효숙 씨는 누구보다 신천교의 열렬한 신도인 것으로 확인되었는데요. 이 제보에 대해서 어떻게 생각하시는지요?"

"엠비엠의 정석원 기자입니다. 제보와 동시에 고소가 접수된 것으로 확인되고 있는데요? 기만행위를 인정하십니까?"

"어허, 무슨 기만행위야!"

조효연이 기자에게 소리치는 그때, 비서실장 한재경이 부축을 해 왔다.

"성감님, 일단 자리를 피하십시오. 아무 대답도 하지 마세요. 빠져나가야 합니다."

조효연은 한재경의 도움을 받고는 일단 뒷문으로 도망치듯 빠져나왔다.

"김 성도 저 미친놈은 왜 죽은 거야?"

"급성 심장마비로 죽은 것 같은데, 일단 우리 쪽도 만반의 준비를 해야 할 것 같습니다."

"아니, 김 성도 저놈이 혼자 울다가 뒈진 건데, 무슨 준비가 필요해?"

"어쨌든 경찰들이 들이닥칠 겁니다."

"아, 씨발! 미친 새끼가 왜 뒈지고 지랄이야!"

"그것보다 검찰이 문제입니다."

"검찰?"

"중앙지검 차 검사라는 놈이 법원에 압수수색영장을 청구했다고 합니다."

"좆 됐다, 씨발."

"법원에 돈을 쓰셔서 영장 발부를 막아야죠."

"씨발. 내가 법원에 아는 놈이 누가 있어?"

"아…… 그러면, 일단 중요한 장부와 현금을 안전한 장소로 옮겨야 할 것 같습니다."

"지들이 검찰이면 다야? 압수수색하는데 내 돈을 왜 건드려?"

"압수수색영장이 발부되면 여기 있는 모든 게 다 압수대상입니다. 특히 현금과 장부는 무조건 압수당할 겁니다."

"아, 씨발! 어디로 옮기지? 내 차로 옮겨야 하나?"

"성감님 차량도 당연히 수색하겠죠. 믿을 만한 사람 없습니까? 가족들과 저를 포함한 내부 사람들은 절대로 안 됩니다. 다 수사할 거니까요."

"믿을 새끼가 어디 있어?"

"그러면 이렇게 하는 게 어떨까요?"

"어떻게? 땅에 묻어?"

"아니요. 그것도 곳곳에 카메라가 설치되어 있어서 이동 중에 한 군데에서만 걸려도 바로 탄로 날 겁니다."

"끝까지 입 다물면 그 넓은 데서 지들이 뭔 수로 찾을 거야?"

"그 일대에 훈련된 개들 몇 마리만 풀면 그냥 털립니다. 돈 냄새를 기가 막히게 맡거든요."

"아이고! 그럼 내 돈 어떻게 해?"

"일단 장부에 맞게 성도들에게 다시 돈을 돌려주는 겁니다."

"이런 미친! 야 인마! 너 제정신이야? 그걸 어떻게 모은 건데 다시 돌려줘? 미쳤어?"

"검찰에 압수당하는 거보다 훨씬 낫습니다. 성감님, 기만 행위가 그렇게 쉽게 인정된답니까?"

"그건 그렇지. 그래서 내가 사기 쳐 먹고 살지."

"맞습니다. 역시 멋지십니다. 그러니까 무혐의로 수사만 종료되면, 그 돈 다시 찾아올 수 있습니다. 잘못이 없다는 사실은 검찰이 입증한 만큼, 성도들의 믿음은 더욱 강해질 것이고, 아마 거두어들이는 헌금의 양도 두 배로 늘어나게 되겠죠."

"그런가? 근데 우리 비서실장 언제 이렇게 똑똑해졌지?"

"성감님께 많이 배웠죠. 그럼, 바로 작업에 들어가시죠? 제가 생각하기에도 가장 안전한 방법입니다."

"어쩔 수가 없군. 그런데 지금 없는 놈들은 어떻게 하지?"

"구역장에게 전하면 됩니다. 제가 반드시 확인하겠습니다."

"좋았어."

조효연은 자신의 방으로 들어가 금고를 열어 장부를 꺼냈다.

그리고는 성도들을 한 명씩 방으로 불러 장부를 확인하고는 헌금으로 받은 돈을 돌려주었다.

일의 전말은 이러했다. 뒷문으로 빠져나갔다고 생각했던 조호연은 여전히 성도들의 앞에 위치해 있었고, 비서실장 한재경이라고 생각했던 이는 인수였다.

그리고 죽었다고 생각했던 김 성도를 비롯한 성도들은 혼자서 욕을 내뱉으며 중얼거리더니 자기 방으로 돌아가 금고를 개방해 돈을 돌려주는 조효연을 보며 미쳤다고 생각했다.

인수는 이제 3단계 작전에 돌입했다.

조효연이 정신을 차렸을 때는 알몸으로 길거리에 서 있었다.

그런데 지나가는 사람들이 킥킥거리며 손가락질을 하고 있는 것이 아닌가?

조효연은 자신의 가슴에 적힌 글씨를 보았다.

-전 개만도 못한 사기꾼입니다. 국민 여러분 죄송합니다.-

화들짝 놀라 자신의 방으로 돌아간 그는 금고를 모두 털려 있는 것을 확인했다.

"너 이 개새끼! 내 돈 어떻게 한 거야? 당장 내 돈 다 찾아
와! 내 돈! 내 돈 내놓으라고!"

조효연은 한재경의 멱살을 붙잡고 흔들었다.

"아, 뭔 소리야! 지가 다 나눠 주고는! 에라이!"

빠악!

한재경은 조효연의 눈을 주먹으로 때려 버렸다.

"아이쿠! 너 이놈! 네놈이 감히 나를 때려?"

"이런 미친놈을 내가! 아이고! 뒈져 버려라!"

퍼어억. 퍼억. 퍽. 퍽. 퍽. 퍽.

조효연은 비서실장 한재경의 멱살을 붙잡고 따지다가 오
히려 죽도록 얻어맞고 말았다.

◇ ◆ ◇

집안의 평화가 찾아오자, 경석은 다시 밝아졌다.

얼굴에 검정색 뿔테 안경만 보였던 경석의 얼굴은 환해
졌다.

안경을 금테로 바꿔서인지, 이목구비가 또렷한 것이 귀
여운 구석이 다시 보였다.

경석은 친구들과도 잘 어울렸다.

자신처럼 성적이 떨어진 친구들의 공부를 곧잘 도와주었
고, 격려해 주는 여유까지 생겼다.

친구의 얼굴에 한 점 그늘이 없는 밝은 모습을 지켜보고 있는 인수의 얼굴 또한 흐뭇한 표정이었다.

"그러고 보니, 잠깐 잊고 살았네."

놀라운 일이었다.

세영을 잠시 잊고 산 것이었다.

창밖으로 시선을 던지고 있던 인수가 실로 오랜만에 세영을 떠올리며 혼자 중얼거렸다.

"공부는 잘하고 있나……."

◇ ◆ ◇

세영의 수학 학원.

"너 집에 무슨 일 있어?"

세영은 학원선생님 앞에서 고개를 푹 숙인 채로 대답했다.

"없습니다……."

"근데 쪽지시험 성적이 왜 이래? 아니, 잘하던 애가 어떻게 하면 이렇게 무섭게 추락할 수가 있데? 45점이 뭐야? 난 이렇게 하라고 해도 못하겠다."

"죄송합니다."

"나한테 뭐가 죄송해? 김세영! 내 공부가 아니라 네 공부 야!"

"죄송합니다."

"얘가 정말."

"……그냥 집중이 잘 안 되고."

"집중? 그것도 말이 안 돼. 뭐 이성문제 그런 거야? 선생
님한테 말해 봐."

"아니요. 그런 거 아니에요."

세영은 화들짝 놀랐다.

"아휴, 답답해! 그런데 왜 이러는 거냐고?"

"죄송합니다."

"죄송, 죄송! 김세영. 앞으로 정신 똑바로 차려! 나 너처
럼 잘하던 애가 갑자기 추락하고 그러면 정말 속상해. 뭐
학원 선생이 수업만 하고 끝내면 되는 줄 알아? 너 나를 그
렇게만 생각하는 거야?"

"아니에요. 그런 거…… 명심하고 공부하겠습니다."

"알았어. 가 봐. 그래도 부모님께 상담 날짜 정하시라고
말씀드려."

"네……."

세영은 꾸벅 인사를 하고는 축 처진 어깨로 학원을 빠져
나왔다.

단짝 민숙이 밖에서 기다려 주고 있는 게 고맙기도 하면
서 부담되기도 했다.

제17장 우리 둘만의 비밀

# 트리니티 레볼루션
## Trinity
## Revolution

## 제17장 우리 둘만의 비밀

도서관.

자료실에서 신문을 보던 인수는 서클이 저절로 꿈틀거리는 이상현상에 고개를 갸우뚱거렸다.

그것은 뒤통수로 느껴지는 누군가의 시선 때문이었다.

틀림없다. 세영이 뒤에 있는 것이다.

인수는 보던 신문을 제자리에 놓고 돌아서는 순간, 실제로 세영이 눈앞에 서 있어서 깜짝 놀랐다.

자료실로 들어와 지나치던 세영이 인수의 뒷모습을 발견했고, 그의 어깨 너머로 기사를 보고 있었던 것이다.

세영도 약간 놀란 눈빛이었다.

인수는 눈인사를 하고는 자리로 돌아가 앉았다.

책을 펼치는데, 세영이 인수의 앞자리에 가방을 내려놓고는 의자를 잡아 뺐다.

단둘이다.

언젠가는 반드시 이런 날이 올 줄 알았다.

하지만 막상 이런 순간을 마주하니, 뭘 어떻게 해야 할지 알 수가 없었다.

인수는 함부로 정면을 볼 수가 없어서 그저 책만 내려다보았다.

가방을 옆자리 의자에 걸치고, 몇 권의 책을 옆자리에 올리는 게 민숙의 자리를 맡아 두는 것으로 보였다.

인수는 자료실의 수많은 책 때문에 열람실로 가지 않고 자료실을 선호하는 것인데, 세영은 책을 가져오지도 않으면서 굳이 자료실에 앉았다.

물론 열람실이 답답할 수도 있다.

그게 아니라면 분명 자신을 발견하고 일부러 여기에 앉는 것이리라.

아무튼 인수가 보기에 세영은 공부를 열심히 했다.

집중력도 좋았고, 끈기도 있어 보였다.

그러니 인수도 슬슬 욕심이 생겨났다.

-밖에서 잠깐 얘기 좀 할까요?-

인수가 용기를 내어 쪽지를 슬쩍 건넸다.

민숙이 오기 전에 둘만의 시간을 보내고 싶기도 했다.

트리니티 레볼루션
Trinity
Revolution 2

세영은 그 쪽지를 한동안 바라보았다.

그러더니 쪽지에서 시선을 떼고는 마침내 고개를 끄덕였다.

인수가 몸을 일으켜 자리를 빠져나갔다.

세영이 뒤따라 나왔다.

"매점으로 갈까요?"

"네."

인수는 자판기 앞에 서서 동전을 넣었다.

"이온음료?"

"이프로요."

세영이 버튼을 누르자, 음료수가 둔탁한 소리를 내며 떨어졌다.

인수는 콜라를 뽑았다.

그때 세영이 몸을 숙였는데, 허리가 드러나 보였다.

하마터면 저절로 상의에 손이 가서 가려 줄 뻔했다.

세영이 캔 두 개를 챙겨서 콜라를 인수에게 건네주었다.

두 사람은 구석 자리를 찾아가 앉았다.

인수가 캔을 따며 말했다.

"친구는?"

"아, 지금 오고 있어요."

"와서 자리에 없으면 전화하겠는데."

세영이 고개를 끄덕이며 전화기를 확인했다.

그러더니 문득 물었다.

"근데 몇 학년이에요?"

"이제 2학년 올라가는데……"

"진짜?"

세영이 헐 하는 표정을 지었다.

그러면서도 인수의 얼굴을 요리저리 살폈다.

"나도 그런데."

"내가 그렇게 늙었나?"

"좀…… 아저씨…… 정확한 얼굴을 모르겠어."

"아. 내 얼굴이 그래? 어렸을 때 한약을 잘못 먹어서."

"그거 진짜야? 한약 잘못 먹으면……"

"이렇게 되냐고?"

인수가 손가락으로 자신의 얼굴을 가리켰다.

"아니, 그런 말이 아니라."

세영이 웃음을 터트렸다.

"근데 이름이……"

"인수. 박인수."

"나는 김세영."

통성명을 하니 무슨 큰 숙제를 해결한 것처럼, 후련한 표
정이었다.

"진짜 1학년?"

"아니, 개학하면 2학년."

"나도 그래."

"말했잖아."

"말했지."

세영이 웃자, 인수도 따라 웃었다.

"다른 게 아니라 공부 열심히 하는 거 같아서."

"아냐."

"뭐가 아냐. 엄청 열심히 하는구만."

"더 잘하고 싶은데."

"다들 그렇지 뭐."

"넌 공부 잘해?"

"조금?"

"오. 그렇게 말하는 사람 보면 진짜 잘하더라."

"그래? 그냥 뭐 조금."

"진짜 잘할 거 같아."

"그래 보여?"

세영이 고개를 끄덕였다.

"쌈 잘할 것처럼도 보이지?"

"어."

뭐가 그리 좋은지, 두 사람은 연신 웃어 댔다.

"나 네 꿈이 뭔지 알 거 같아."

"나? 에이."

"맞춰 볼까?"

"그래, 맞춰 봐."

"간호사."

"오! 어떻게 알았어?"

"통했어."

"와, 진짜? 어떻게 알았어?"

"그냥 느낌이. 내 꿈은 뭐 같아? 맞춰 봐."

"음……."

세영은 인수의 얼굴을 보았다.

한참을 고민하는 듯 하더니 이내 입을 열었다.

"군인?"

"헐……."

"아니, 머리 짧게 깎으면 꼭 군인 같을 거 같아서."

"내가 그렇게 늙어 보여?"

"어. 사실, 좀 그래."

"꿈이 뭐일 거 같냐고요."

세영은 까르르 웃기만 했다.

"군인."

"아, 진짜."

인수도 결국 하하하 하고 웃고 말았다.

세영도 따라서 웃다가 문득 웃음을 멈추고는 물었다.

"근데, 여자 친구는 오늘 안 와?"

"여자 친구? 아, 수연이?"

"이름이 수연? 여친 아니야?"

"아니야. 그냥 아는 동생이야."

"에이, 둘이 사귀는 거 같던데?"

"아냐."

인수가 아니라고 대답하자, 세영은 고개를 갸우뚱거렸다.

잠시 분위기가 어색해져서 정적만이 흘렀다.

세영이 먼저 그 정적을 깨며 말했다.

"예쁘더라."

"수연이?"

"응."

"맞아. 예뻐."

"그래."

또 다시 대화가 끊겼다. 서로 어색했다.

이번에는 인수가 먼저 입을 열었다.

계속 준비하고 있던 말.

"있잖아."

"응?"

"우리 스터디 할까?"

"스터디?"

세영의 눈이 빛났다.

"응. 서로 모여서 박 터지게 공부해 보자."

"음......"

"왜?"

"시간이...... 서로 맞을까?"

세영의 대답에 인수는 속으로 안도했다.

"넌 언제 시간 되는데? 난 방학 동안 항상 여기 있을 거야."

"그럼, 이 시간?"

"응."

"월수는 오전에 수학. 화요일은 이 시간에 논술 때문에 안 되고...... 목금은 영어가 오후라......."

"그러면 월수만 가능하네?"

"그렇지? 근데 넌 학원 오전에만 있어?"

"나 학원 안 다녀."

"안 다녀?"

"응. 안 다녀."

"그럼 공부를 어떻게 해?"

"독학."

"에이, 말도 안 돼."

"나 진짜 독학해."

"우와...... 너 머리 되게 좋은가 보다."

"좋은 머리는 아니고. 인강 중심으로 뭐...... 하니까 되던데?"

"부럽다. 대단하다."

"뭘."

"학원만 안 다녀도 살 거 같은데."

"학원 안 다녀도 공부 잘할 수 있는데."

"난 안 돼."

"하긴. 인강이나 학원 다니는 거나 시간들이고 공들여야
하는 건 다 마찬가지니까."

"맞아."

세영이 격하게 공감했다.

"스터디 하는 거야?"

인수는 재촉하면 안 되는데 하면서도 세영의 대답을 빨
리 듣고 싶어 또 물었다.

"음…… 뭐……."

"대답한 거다."

"응?"

"스터디 하기로 한 거라고."

"어……."

세영이 어색하게 웃으며 대답했다.

"그럼 월요일이랑 수요일에 몇 시까지 올 수 있어?"

"점심 먹고 두 시쯤?"

"두 시라…… 알았어. 집에는 몇 시까지 들어가야 돼?"

"으음…… 저녁시간 전에는 들어가야겠지?"

"그러면 여섯 시? 일곱 시?"

"다섯 시……."

"다섯 시? 세 시간밖에 없네."

인수는 계산에 들어갔다.

일주일에 이틀, 3시간씩 6시간.

개학까지 대충 시간은 24시간.

수학이든 영어든 한 과목에 집중하면 지금보다는 더 나은 수준으로 끌어올릴 수 있으리라.

"엄마한테 좀 말해 볼게."

"응?"

"귀가시간……."

인수는 뜻밖이었다. 기분이 좋아졌다.

"제일 자신 있는 과목은 뭐야?"

"다 자신 없는데…… 넌?"

"수학."

"수학? 와, 부럽다. 난 수학 잘하는 애들 진짜 부러워."

"난 수학이 정말 쉬워."

"뭐야."

세영이 재수 없다는 표정으로 입술을 삐죽거렸다.

"진짠데?"

"너 진짜 공부 잘해?"

"뭐, 조금."

"진짜 잘하나 보다."

인수가 씩 웃었다.

"저 웃음 봐. 진짜 잘하나 보다."

"아, 그냥 남들 하는 만큼만 해."

"꼭 저렇게 말하는 애들이 공부 진짜 잘하더라."

"재수 없어?"

"조금?"

세영이 눈을 흘기며 웃었다.

인수도 픽 하며 웃고 말았다.

"밖에 나가서 걸을까?"

인수가 말하며 일어서자, 세영은 고개를 살짝 끄덕이는
것으로 대답했다.

도서관을 빠져나온 두 사람은 목적지도 없이 그냥 걸었
다.

바람이 차가웠다.

"아, 춥다."

"추워?"

인수는 즉시 점퍼를 벗었다. 그러다 아차 싶었다.

"아냐, 아냐."

세영이 손사래를 저으며 옆으로 물러났다.

두 사람 다 동시에 수연의 모습을 떠올리는 중이었다.

인수의 점퍼가 참 잘 어울렸던 그 모습.

"저기…… 그만 들어가 봐야 할 거 같은데."

역시나 분위기가 확 달아나 버렸다.

수연을 의식한 세영은 다시 뒤돌아 도서관을 바라보았다.

'나 지금 뭐하는 거지?'

세영이 이런 생각에 잠겨 있는 순간이었다.

인수는 세영의 뒷모습을 보고 있노라니, 당시의 아내처럼 느껴져 아련한 감정이 솟구쳐 올라왔다.

동시에 그 슬프고 처참했던 기억이 떠올라 괴로웠다.

인수는 세영을 뒤에서 꼭 안아 주고 싶었다. 바로 그때였다.

우우웅.

인수는 깜짝 놀랐다.

서클이 저절로 회전하더니 이내 화이트존이 생성되었다.

통제할 수가 없었다.

인수를 중심으로 뻗어 나간 화이트존이 세영을 집어삼켰다.

화이트존.

세영은 온통 하얗게 변해 버린 공간 안에서 두 눈만 깜빡거렸다.

주변의 모든 것이 사라지고, 텅 빈 공간에 세영 혼자만 덩그러니 놓여 있었다.

눈앞에 영화처럼 영상이 펼쳐졌다.

병들어 보이는 자신이 갓난아이를 품에 안은 상태로 누군가와 통화를 하고 있는 모습이었다.

'마마, 딸기 노래를 부르시지 않으셨습니까?

누굴까? 저 목소리는? 난 누구와 통화를 하고 있는 걸까?

저 아이는 누구의 아이란 말인가?

세영의 심장이 쿵쾅거리는 그때, 영상이 확 바뀌었다.

니가 사람새끼야?

분노에 휩싸여 누군지도 모르는 사람을 향해 욕을 하고 있는 자신의 모습이 보였다.

순간, 세영의 시선은 한 남자에게로 향했다.

그 남자는 건달로 보이는 덩치 두 명에게 붙잡힌 상태로 고개를 숙이고 있었다.

턱 밑으로 피가 뚝뚝 떨어졌다.

세영이 그 남자의 얼굴을 자세히 보려는 그때 영상이 사라졌고, 이번에는 뒤편에서 영상이 나타났다.

차갑게 굳어 가는 핏덩어리를 끌어안고 절규하는 모습.

그리고 모든 것을 체념한 상태로 마지막 힘을 다해 편지를 남기는 모습까지.

민아 아빠.

"민아 아빠?"

난 누구에게 편지를 남기고 있는 것일까?

순간, 화이트존이 회전을 시작했고 세영의 몸이 붕 떠올라 함께 회전했다.

세영이 비명을 내질렀다.

"안 돼!"

인수는 겨우 서클을 멈추고는 화이트존을 거두어들였다.

화이트존이 사라지자, 붕 떠 있었던 세영의 몸이 추락했다.

"세영아!"

다행히도 인수가 재빨리 움직였기에, 그런 세영을 받아 안았다.

추락으로 다치지는 않았지만, 세영은 악몽에서 깨어난 사람처럼 두 팔을 허공에 막 휘둘렀다.

비명과 함께.

충격으로 눈이 풀려 버린 탓에 앞이 보이지가 않았다.

"괜찮아! 괜찮아!"

인수가 꼭 안아 주자, 세영은 휘두르던 두 팔을 멈추었다.

비명도 멈추었다.

풀려 버렸던 눈의 초점이 다시 되돌아와 앞이 다시 보였다.

"……?"

세영은 인수에게 안겨 있는 자신을 발견하고는 화들짝 놀라 몸을 빼냈다.

"방금 뭐지?"

세영은 인수로부터 뒷걸음을 치며 다시 말했다.

"방금 무슨 일이 일어난 거지?"

두려움에 주위를 두리번거렸다.

풀썩.

세영은 다리의 힘이 풀려 다시 주저앉고 말았다.

인수가 재빨리 몸을 일으켜 앞으로 다가와 손을 내밀었다.

"아냐, 아냐."

세영은 그 손을 거부했다.

"괜찮아. 나 괜찮아."

인수는 안타까운 마음으로 더 이상 손을 내밀 수도, 거두어들일 수도 없었다.

"나…… 먼저 갈게."

세영은 도망치듯 뒤돌아 도서관을 향해 뛰어갔다.

인수는 그런 세영의 뒷모습을 보며 우두커니 서 있을 수밖에 없었다.

◇ ◆ ◇*

월요일 오후 3시.

약속한 시간이 1시간이 지났지만 세영은 나타나지 않았다.

인수는 그저 멍하니 창밖만 바라볼 뿐이었다.

어쩌면 개학할 때까지도 못 보리라.

이런 생각을 하고 있는 인수의 눈앞에, 함박눈이 내렸다.

◇ ◆ ◇

월요일 날 모습을 보이지 않았던 세영이, 인수의 예상을 깨고 수요일이 되어서 인수의 앞에 나타났다.

두 눈은 퀭하고, 광대뼈가 훤히 드러날 정도로 수척해진 얼굴로.

하지만 세영은 인수를 향해 애써 웃는 모습을 보였다.

"약속 못 지켜서 미안."

세영이 주변 사람을 의식하며 속삭이듯 말했다.

인수가 아니라고 고개를 설레설레 저었다.

세영은 책을 펼치긴 했지만, 눈에 하나도 들어오지 않아 다시 일어서서 밖으로 나갔다.

인수가 천천히 몸을 일으켜 그 뒤를 따라 나갔다.

"음료수 마실래?"

세영이 복도에서 돌아서더니, 예상 밖으로 활짝 웃으며 말했다.

"응."

인수가 고개를 끄덕였다.

◇ ◆ ◇

휴게실.

캔을 딴 세영이 단숨에 탄산음료를 들이켰다.

그러고도 한동안 말이 없던 세영이 드디어 입을 열었다.

"그날 있잖아⋯⋯."

"응."

"나 어떤 상태였어? 너 나 보였어?"

인수는 고개를 끄덕였다.

"내가 진짜 보였어?"

"어. 나 너 보고 있었어. 바로 뒤에서."

"그래? 진짜 신기하네. 나 그날 있잖아."

세영은 잠시 말을 멈추고는 주위를 둘러보았다.

말이 함부로 새어 나가면 안 된다는 듯.

"다른 사람한테는 말도 못하겠고⋯⋯."

인수가 걱정스런 눈빛으로 세영의 말을 경청했다.

"너 있잖아."

세영이 탁자 위로 몸을 굽혀오며 인수의 귀를 빌렸다. 인수는 즉시 세영의 입술을 향해 귀를 가까이 했다.

"이거 어디 가서 말하면 안 돼?"

세영이 속삭였다.

인수는 귀가 간지러웠지만, 꾹 참고는 다짐하듯 고개를

끄덕였다.

"나 하얀 공간에 혼자 갇혀 있었어."

"하얀 공간?"

"응. 온통 하얗기만 한 공간이었어."

"……."

"그날, 넌 잘 모르겠지만…… 틀림없어."

"뭐가?"

"놀라지 마?"

"응."

"어디 가서 말도 하지 말고?"

"알았어. 말해 봐."

"그날 있잖아. 외계인이 나를 납치하려고 했던 거 같아."

세영의 양쪽 눈매가 가늘게 찢어졌다.

인수의 두 눈이 동그랗게 커졌다.

"무서워."

"무서워?"

"응. 너무 무서워서 그동안 한숨도 못 잤어."

"한숨도 못 잤어?"

"아니, 조금 잠들기도 했는데……."

"……."

"나 어떡하지? 이런 말 해 봐야 누가 믿어 주지도 않을 텐데? 그리고 또 나타나면 어떡하지?"

이번에는 인수가 세영의 귀를 빌렸다.

세영도 즉시 귀를 돌렸다.

"납치하려고 했으면 그때 하지 않았을까?"

"그런가? 그럼 나한테 왜 그랬을까?"

"그러게. 일단 무서워 할 필요는 없는 거 같아. 외계인이라고 다 나쁜 놈들은 아닐 테니까."

"무서워서 한숨도 못 자겠는걸?"

"좀 잠들기도 했다며……."

"그게 자는 거야? 자다가 깼다가 자다가 깼다가……."

"무슨 일이 일어났으면 진즉에 일어났을 거야."

"그럴까?"

세영이 다시 손짓해 인수의 귀를 빌렸다.

"있잖아. 그들이 내 미래를 보여 줬어."

"미래?"

"응, 미래. 미래가 틀림없어."

세영의 얼굴이 인수의 얼굴에서 멀어졌다.

세영은 의자 등받이에 등을 기대고는 한숨을 푹 내쉬었다.

팔짱을 끼고는 심각한 표정을 지었다.

인수는 긴장되었다.

혹시나 자신의 모습을 보았을까 봐.

"근데, 나 엄청 못살더라."

"……."

"도대체 나 왜 그렇게 못살지? 어떻게 그렇게 못살 수가 있지? 무슨 큰 문제가 있나?"

"……."

인수는 침을 꿀꺽 집어삼켰다.

나 같은 놈 만난 게 큰 문제였지, 뭐가 문제이겠는가.

"뭐…… 다른 거는 못 봤어?"

"나 무척 아파 보였어."

세영은 고개를 설레설레 저었다.

"그 갓난애는……."

인수는 세영의 얼굴을 살폈다.

"너무 불쌍해……."

세영의 눈가가 촉촉해졌다.

"미래가 아니고 환상일 수도 있어. 그들이 심어 둔."

촉촉해졌던 세영의 눈이 다시 번쩍였다.

"맞아. 그럴 수도 있겠다."

세영은 박수까지 치며 인수의 말에 호응했다.

그러더니 마음이 급해져서 말했다.

"이러고 있을 때가 아니야."

"뭐하려고?"

"대비를 해야지."

"대비?"

"응. 그들이 다시 찾아오면 이번에는 그냥 당하고만 있지 않을 거야."

"좋은 생각이야."

인수는 귀환한 뒤로, 타인에 대한 배려나 맞장구를 치는 일이 엄청 쉬웠다.

"세영아, 난 뭐할까?"

"너?"

"응. 나."

"넌…… 일단 같이 자료를 찾아보자."

"외계인에 관한?"

"응."

"근데, 사실보다는 상상으로 지어낸 이야기들이 더 많을 거 같은데? 믿을 수가 있어야지."

"일단 나 같은 일을 당한 사례가 있는지부터 찾아볼 생각이야."

"그게 맞겠다."

"가자."

"어."

세영이 벌떡 일어나 먼저 나갔다.

인수가 생각지도 못했던, 미지의 세계에 대한 모험심이 제대로 불붙은 것이었다.

인수와 함께 관련 자료를 찾던 세영이 책을 탁 덮으며 말했다.

"무섭다. 알면 알수록 무서워."

"무조건 다 믿지는 마. 뻥도 많을 거야."

"51구역."

"51구역?"

"응. 51구역. 여기 어떻게 들어갈 수 있는 방법 없을까?"

인수가 진지한 눈으로 대답해 주었다.

"불가능은 없다."

"맞아."

세영의 눈이 반짝 빛났다.

그래서 인수가 다시 물었다.

"간호사는 어쩌고?"

"간호사? 나 말이야?"

"응. 너 말이야 너."

"지금 간호사가 문제야?"

"하긴. 이참에 공부 잘해서 나사 가야겠네."

"치. 내가 나사를 어떻게 가냐?"

"왜? 불가능은 없다."

"그건 불가능해."

"아냐. 너에게 일어난 일은 필연일 거야. 나사를 가기 위한."

"뭐, 우연이 아닌 필연일 수도 있어. 그래도 나사는 아냐. 내가 뭐 현실도 구분 못하는 줄 알아?"

"그런가?"

"에이, 답답해지네. 우리 그 자리로 다시 가 볼까?"

"그래."

인수가 흔쾌히 대답하자, 세영이 앞서갔다.

◇ ◆ ◇

거리는 찬바람만 불어올 뿐, 아무런 일도 일어나지 않았다.

세영의 표정은 우연히 한 번 본 귀신을 이제 두 번 다시는 볼 수 없다는 듯, 이미 체념한 눈빛이었다.

인수는 서클이 저절로 회전하려는 것을 겨우 통제했다.

세영이 화이트존을 통해 자신의 얼굴이라도 보게 되면, 세영은 더욱 더 혼란스러워질 것이다.

그런 일은 절대로 일어나지 않게, 반드시 막아야 했다.

"아 참, 전화번호 좀 알려 줄래?"

인수는 세영의 말에 잠시 대답하지 못했다.

그러다 곧바로 세영의 손에 들린 전화기를 보며 번호를 불렀다.

세영이 인수가 불러 주는 번호를 하나씩 눌렀다.

통화.

인수의 호주머니에서 전화기가 울리다가 멈추었다.

"저장됐다. 들어가자. 아, 춥다."

"그래."

인수는 세영의 뒤를 따라 걸었다.

총총걸음으로 걷다가 문득 뭔가 이상하다는 느낌을 받은 세영이 뒤돌아 인수를 보았다.

인수가 활짝 웃어 보이자, 세영이 추우니까 어서 오라며 손짓했다.

"어."

인수가 보폭을 빨리해 세영의 옆에서 나란히 걸었다.

이럴 때면 세영은 항상 먼저 팔짱을 껴 왔다.

지금도 꼭 그럴 것만 같았다.

인수는 이렇게 사랑은 다시 시작되는 줄로만 알았다.


◇ ◆ ◇


집에 돌아온 인수는 신발을 벗기도 전, 다짜고짜 인혜의 공격을 받았다.

오늘은 인혜가 잔뜩 벼르고 있었던 것이다.

"아니, 사람이 어떻게 그럴 수가 있어?"

"뭘?"

"뭘? 헐이네."

"수연이?"

"그래! 말 잘했다. 수연이 어떻게 할 거야?"

"어떻게 하긴 뭘 어떻게 해?"

"와. 대단하다. 너 진짜 대단하다?"

"이게 오빠한테."

"오빠 같은 소리하고 자빠졌네! 야!"

인혜가 손가락을 세워 삿대질을 했다.

인수는 눈에 힘을 빡 주려다가 그냥 참았다.

"수연이 지금 며칠째 연습도 못하고 끙끙 앓고 있어. 그 냥 콱 죽어 버리고 싶데. 와, 나는 니가 그렇게 뒤에서 호박 씨 까고 다닐 줄은 상상도 못했다."

"호박씨…… 아, 뒷골이야. 우리 공주 오버 그만하세요. 오빠 기분 나빠지려고 하네요."

"아! 뭐가 오버야! 진짜 말하는 거 봐라?"

"수연이가 그렇게 말했을 리는 없고."

"그래. 수연이는 착해서 너한테 그렇게 말 못하지! 그러 니까 니가 그러면 안 되는 거야!"

"아니, 내가 뭘 어쨌는데?"

"어쩌긴 뭘 어째? 그걸 지금 말이라고 하고 있나? 왜 양다 리를 걸치고 지랄이야 지랄이!"

"양다리? 헐…… 내가 진짜 헐이다."

"그게 양다리 아니고 뭐야? 딴 년 맘에 있으면서 수연이 왜 계속 만났어?"

"하!"

"왜? 왜 대답 못해?"

"와. 다 이겨도 넌 못 이기겠다."

"뭐야?"

인수는 두 손 두 발 다 들었다는 표정으로 신발을 벗었다.

"아, 대답하라고! 이 나쁜 놈아!"

인혜가 주먹으로 인수의 어깨를 가격하려는 그때였다.

안방 문이 활짝 열렸다.

"이 염병할 년! 총찬한 년! 연덕빠진 년! 긘대가리 없는 년. 이 미친년이 진짜 보자 보자 하니까 어디 오빠 알기를!"

"아, 엄마는 아무것도 모르면 빠져!"

인혜가 발을 동동 구르며 소리쳤다.

"이 썩을 년! 싸난 년! 위매 참말로 먼 가시낭년이 누굴 닮아가꼬 저케 싸날까!"

"아, 엄마는 왜 나한테만 뭐라 그래!"

"이 염병할 년아! 니 하는 꼬라지가 지금 내가 너한테 뭐라 안 하게 생겼냐? 세상에 어디 하나밖에 없는 오빠한테 이놈 저놈! 오빠가 뉘 집 개냐? 이 썩을 년아!"

"아앙!"

인수가 못이기는 인혜를 이길 수 있는 사람은 오직 김선숙 여사뿐이다.

결국 인혜는 주저앉아 엉엉 소리 내어 울고 말았다.

"다들 뭣들 하는 거야! 야! 김선숙! 너 왜 우리 딸한테만 뭐라 그래?"

깨갱.

인수가 못 이기는 인혜를 이기는 김선숙 여사는 또 박지훈에게 꼼짝 못한다.

"아니, 저 미친년이······."

"거, 참! 하나밖에 없는 딸한테 툭하면 이년 저년. 너 애들 엄마 맞냐? 응? 니가 그러고도 엄마 맞아? 쯧쯧쯧."

"······."

김선숙이 아무런 말도 못하고 입술만 삐죽거리자, 인혜가 엉엉 울면서 자기 방으로 들어가 버렸다.

"죄송합니다."

"뭔 일이야? 왜 이렇게 시끄러워?"

"아····· 그게······."

"수연이가 널 좋아해?"

"네?"

"근데 넌 다른 애한테 맘이 있는 거고? 맞아?"

"네····· 대충."

"잘해 봐라."

"네? 누구요? 수연이요?"

"그래, 수연이."

"아니요, 아빠. 그게 아니고요. 수연인 그냥 인혜처럼 동생이에요."

"인혜 저거 저 난리 치는 거 보면 수연이는 그게 아닌가 보지? 남자가 이랬다저랬다 여지를 주고 그러면 안 돼. 난 여자가 그렇게 많이 따랐어도 다 차단하고 네 엄마뿐이야."

김선숙이 입을 삐죽거렸다.

퍽도. 이런 뜻이었다.

"알겠습니다. 저 그만 들어가 볼게요."

인수는 따로 방을 얻어서 나갈 계획에 대해서는 말하고 싶지 않았다.

"그래라."

인수는 한숨을 내쉬며 방 안으로 들어왔다.

의자에 털썩 주저앉아 수연을 생각했다.

세상에나. 천하의 보보가……

내가 좋아 괴로워 그냥 콱 죽어 버리고 싶다니.

내가 뭐라고.

인수는 정말 상상도 못한 일이었다.


인수는 샤워를 한 뒤 인혜의 방문을 노크했다.

똑똑똑.

하지만 안에서는 대답이 없었다.

손잡이를 돌려 보니, 문도 잠겼다.

인수는 방으로 돌아와 인혜에게 전화를 걸었다.

받지 않을 것이라 예상했는데, 통화 중이었다.

"어휴."

수연과 통화하는 중이리라.

인수는 전화기를 책상 위에 던져 버리고는 침대에 몸을 눕혔다.

무슨 얘기를 하고 있을까? 이런 생각을 하는 그때였다.

우우웅.

서클이 저절로 회전하기 시작했다.

인수는 화들짝 놀랐다.

인수의 의지와 상관없이 제멋대로 생성된 화이트존이 폭주할 경우, 시공간이 무너지며 그 안에 있는 사람에게 악영향을 끼쳤다.

인수는 즉시 노선배가 동굴에 남겼던 심법을 떠올리며 천천히 동공을 진행했다.

만약 여기서 충돌이 일어난다면 내공은 다시 뇌에까지 악영향을 줄 것이고, 바수라가 그랬던 것처럼 끔찍한 일이 일어날 수도 있는 문제였다.

중요한 것은 호흡이었다.

그러자 단전의 내공이 서서히 안정되었고, 서클도 회전을 멈추었다.

"후."

그때 책상 위에서 전화기가 울렸다.

뜻하지 않았던 세영의 전화였다.

인수는 받지 않았다.

수연이 생각나서가 아니었다.

세영의 전화를 받지 않고 있는 그 이유를 정확히 알 수가 없었다.

모든 것을 새롭게 다시 시작하고 싶다는 것은 병약하고 성숙하지 못한 어린아이 같은 마음일 뿐이다.

문제가 발생했을 때 그것을 풀어내고 조율해 나갈 줄 아는 능력이 부족하기 때문인 것이다.

하지만……

이런 생각을 하는 그때 전화기 진동이 멈추었다.

인수는 세영에게 걸려 온 부재중 전화를 한동안 바라보았다.

그렇게 바라만 볼 뿐이었다.


그날 밤, 윤철에게 전화가 걸려 왔다.

유정이 결국 일을 벌이고 말았다고.

[근데, 박재영 검사 아저씨 좀 무서운 거 같아.]

"정말 답답하네. 무서운 사람을 도대체 왜 건드리는 건데? 너 서유정 핑계로 네가 좋아서 들쑤시는 거 아냐?"

[에이, 사람을 뭐로 보고.]

"시끄럽고, 알아낸 거 있음 다 말해 봐."

인수는 윤철의 능력을 한번 확인해 보고 싶었다.

[자기도 궁금하면서.]

"전화 끊을까?"

[말할게, 말한다고.]

윤철이 신나서 떠들기 시작했다.

[일단 공개된 경찰 수사기록이랑 재판 기록만 종합해 봐도 완전 대박이다. 진짜 대박이야. 잘 들어 봐. 유정이 아빠 서한철의 실종에는 박윤구라는 인물이 있어.]

"박윤구?"

[응. 유정이 아빠가 실종된 그해에 검찰에 기소되었다가 취하로 풀려난 제3세대파 간부인데. 내가 이 인물을 꼼꼼히 살펴보며 연결 고리를 찾아냈지.]

"결론만 말해."

[급하시네. 알았어. 정리를 하자면 바로 이거야. 신약이 앞세운 사냥개가 서한철이라면, 박윤구는 서한철의 정보원이야. 다시 말해, 서한철이 쥐고 있던 증거자료들은 죄다 박윤구가 찔러준 정보로 확보한 거지.]

"그런데?"

[여기서부터가 완전 대박이야. 박윤구. 이 박윤구가 문제야. 이놈이 무슨 죄목으로 기소되었는지를 알게 되면 너도 깜놀할 거다.]

서한철이 확보한 상납 리스트와 증인들이 있음에도 불구하고, 신약이 수습조차 제대로 하지 못하고 사건을 덮은 이유는 바로 박윤구 때문이었다.

박윤구는 제3세대파의 핵심 간부에서 밀려나자, 서한철의 정보원으로 활동했다.

박윤구가 슬쩍 정보를 흘리면, 사냥개 서한철은 관련자들을 강제로 붙잡아 폭력과 고문, 협박으로 상납 관계를 파악했다.

그렇게 확보된 증거자료에는 성상납 장면이 고스란히 담긴 동영상도 있었다.

그러던 와중에 박윤구는 제3세대파가 상납 장소로 이용했던 업소의 사장을 보호 차원이라며 협박해 금품을 갈취한 것도 모자라 성상납과 향응을 제공받았다.

사장의 입장에서는 죽을 맛이었다.

서한철이라는 검찰수사관이 뒤집고 가면, 뒤이어 박윤구가 찾아와 힘써 주겠다며 보호비 명목으로 돈을 뜯어 갔고 고급 양주를 마셔 댔다.

제3세대파의 보스와 핵심 간부들은 경쟁에서 밀려난 박윤구가 미쳐 날뛰는 줄로만 알았지, 서한철의 정보원으로 조직을 팔아먹고 있는 줄은 꿈에도 몰랐다.

문제는 그때 벌어졌다.

아가씨 2명을 집으로 불러들인 박윤구가 성폭행 한 뒤 살해하는 범죄를 저지른 것이다.

걷잡을 수 없을 정도로 사태가 심각해지자 제3세대파와 서한철은 앞다퉈 그를 제거하려 했지만, 눈치 하나만큼은 재빨랐던 박윤구는 번번이 빠져나갔다.

하나, 아무리 뛰어나다고 한들 좁혀 오는 경찰의 수사망을 벗어날 수 없었고, 결국 박윤구는 체포되었다.

그렇게 체포된 그는 자신이 제3세대파의 핵심 간부이자 서한철의 정보원이라는 사실과 72명의 상납 리스트를 입증할 증인이라는 사실을 자랑스럽게 떠벌렸다.

계획을 완성하기도 전에 변수가 생긴 것이다.

증거를 뒷받침해 줄 증인이 연쇄살인범으로 기소되며 증거는 더럽혀졌다.

거기에 익명의 제보자까지 나서서 신약을 수면 위로 드러내고 말았다.

상황이 신약에게 불리하게만 전개되어 가자, 결국 신약의 수장 박재영은 신약과 서한철을 버렸다.

그리고 서한철은 먹이를 쫓는 사냥개에서, 이제는 제3세대파와 경찰들 그리고 부패한 검사들에게 쫓기는 먹잇감으로 전락한 채로 실종되고 만 것이었다.

[그런데 유정이 아빠는 왜 그렇게까지 해야 했을까……]

인수는 윤철의 말을 끊었다.

"뭔가 집착이겠지. 이걸 빨리 끝내야 돌아갈 수 있는?"

[흠.]

"익명의 제보자는 박재영이 아니면 궁지에 몰렸던 신약의 한 사람일 것이고."

[설마 그들 내부에서……]

"박윤구 현재 주소는?"

윤철이 주소를 알려 주었다.

[제3세대파에 의해 꽤 오랜 세월을 어딘가에 고립되어 있다가 요 근래에 빠져나온 거 같아. 근데 어쩌려고?]

그동안 제3세대파가 조직을 배신한 박윤구를 죽이지 않고 살려 둔 것은 서한철을 잡기 위한 미끼로 사용하기 위해서였을 것이리라.

하지만 10년이 넘는 세월 동안 서한철이 나타나지 않으니, 박윤구는 이제 또 다른 형태의 미끼로 풀려난 것이다.

분명 서한철은 어딘가에 살아 있다.

"그냥 알아 두는 거야. 일단, 알았어. 네가 지금 걱정하는 게 뭔지 알겠어. 박재영의 입장에서는 서한철이 유령이라도 두려운 존재니까, 어떻게든 행방을 알아내려고 유정이에게 접근하고 있는 거겠지. 서한철이 바꾸지 못한 것처럼, 그들만의 세상은 변하지 않겠지만, 여전히 뒤는 구리고 그게 또 터지면 골치 아파질 테니까."

[맞아. 우리 어떡하지?]

"우리 같은 소리하고 있네."

[누가 너 말했어? 유정이랑 나. 우리.]

"하이고."

[솔직히 인수 널 끌어들이고 싶지는 않아. 난 어쩔 수 없이 한배를 탔으니까 말리지 못하면 끝까지 가긴 할 건데. 지금 유정이가 멋대로 공사 치면서 실수한 게 한두 가지가 아냐.]

"유정이 지금 어디야?"

[말려 줄 거야?]

"어디냐고."

[역삼동 유강. 유명한 중국요리 집이래. 시간이…… 어, 이제 곧 만나겠다. 2차는 그 옆에 풀스DVD방. 거기서 작업 한다고 녹화 준비하라는데……]

"잘들 한다, 잘들 해. 아주 잘들 하고 있어. IP 확인한답 시고 거기 DVD방 들락거렸으면 기록 다 남아 있을 텐데. 이건 이미 계획범죄야."

[내 말이……]

"그럼 말려야 할 거 아냐."

[나야 말렸지. 근데, 불알 달린 것들은 다 똑같아서 한 번 걸려들면 꼼짝 못한다나 어쩐다나……]

"시끄러. 끊어."

인수는 짜증이 확 밀려왔다.

유정만 생각하면 충분히 모른 체할 수도 있었다.

하지만 서한철과 박재영을 생각하면 모른 체할 일이 아니었다.

박재영이 어떤 인간이라는 것을 아는 것은 인수에게도 매우 중요한 일이었다.

그리고 서한철의 생사를 확인하는 것까지도.

인수는 옷을 챙겨 입고 나가 택시에 올라탔다.

◇ ◆ ◇

유강.

인수가 실내로 들어서자, 어깨가 잘린 개량된 붉은 치파오를 입은 여자실장이 환한 웃음으로 안내에 나섰다.

"안녕하세요?"

인수는 여자가 뭘 물어보기도 전에 말했다.

"아, 여기 먼저 온 일행이 있습니다. 박재영 검사님이십니다."

"아……."

박재영 검사라는 말에 실장의 두 눈이 커졌다.

하지만 실장은 카운터로 돌아가더니, 예약 사항을 확인

하며 말했다.

"음…… 손님? 박 검사님께서는 2인으로 예약을……."

"따님 되실 분 남자 친구가 왔다고 전해 주세요."

"아, 네. 전해 드리겠습니다. 잠시만요."

실장이 2층으로 올라갔다.

잠시 후, 계단을 내려오다가 인수와 눈이 마주치자 "네, 이쪽으로 오세요." 라고 말했다.

실장의 뒤를 따라 2층으로 올라가니 홀이 여러 개 보였다.

똑똑똑.

춘(春) 자가 새겨진 문을 노크하자 안에서 대답이 들려왔다.

"네."

박재영의 목소리였다.

"문 열겠습니다."

실장이 문을 열며 말했다.

"일행분이 오셨습니다."

인수가 실내로 들어서자, 마주 보고 있는 박재영이 매우 반가운 눈빛을 던졌다.

"유정아, 미리 말을 해 주지 그랬어."

인수는 유정의 뒤통수를 보았다.

척 보아도 심기가 뒤틀린 것을 알 수 있었다.

유정의 고개가 양쪽으로 삐거덕거리며 뒤틀렸다.

그리고 그 뒤틀린 고개가 뒤로 돌려지는 순간, 유정의 동공이 확대되었다.

'인수?'

유정은 윤철이 말리기 위해 나선 줄 알았던 것이다.

"이쪽으로 앉게나."

박재영이 일어서서 말하자, 실장이 의자를 빼 주었다.

"안녕하세요?"

인수는 정중히 인사하고는 의자에 앉았다.

실장은 인수가 앉자 요리를 추천했고, 인수는 유창한 중국말로 추천을 받았다.

인수의 뛰어난 중국어 실력에 놀라운 눈빛을 감추지 못하던 실장은 웃으며 나갔다.

박재영 역시 깜짝 놀랐다.

인수는 이제 유정을 향해 활짝 웃으며 말했다.

"미안. 놀라게 해서."

"뭐냐?"

"인사드리고 싶었어."

"뭐?"

유정은 심기가 뒤틀리면 자신을 컨트롤하는 방법을 모른다.

"지금 뭐하는 수작이냐고 내가 묻잖아?"

그러자 박재영이 중재에 나섰다.

"어허. 유정아."

"안녕하세요? 정식으로 인사드리겠습니다. 전 유정이 남자 친구 박인수라고 합니다."

"오, 그래. 반갑네."

박재영이 악수를 청해 왔다.

인수는 악수에 응했다.

"얘가 좀 까칠해서요."

인수가 말을 끝낸 순간이었다.

"아, 씨발! 뭐하자는 거냐고!"

유정이 벌떡 일어나며 소리쳤다.

"아이쿠. 죄송합니다."

인수는 박재영을 향해 애가 좀 이런 애라는 표정으로 넉살을 피웠다.

그러자 박재영도 자주 보아서 잘 알고 있다는 듯 답했다.

"괜찮네, 괜찮아."

자신도 그 성깔 때문에 곤혹을 치르고 있다는 투였다.

"후! 너 나 좀 보자."

유정이 의자를 밀치고는 밖으로 나가 버렸다.

인수가 어깨를 으쓱거리자, 박재영도 같은 마음이라는 듯 어깨를 으쓱거렸다.

"죄송합니다. 잠시 좀……."

"그래, 어서 따라가 보게나."

"네."

인수가 홀에서 빠져나와 계단을 타고 내려왔을 때, 유정은 문을 확 열고는 밖으로 나간 뒤였다.

◇ ◆ ◇

인수가 유정의 앞에 섰을 때, 유정은 교복 차림으로 담배부터 찾아 입에 물었다.

획.

라이터를 켜고 불을 막 붙이려는 그때 그 담배를 인수가 획 낚아채 버렸다.

"아, 뭐냐고!"

"일단 가자."

"어딜 가? 응? 어딜 가냐고?"

"안 따라오면 강제로 끌고 간다."

"어디 맘대로 해 봐라. 남자 친구? 내가 진짜 어이가 없어서."

유정이 씩씩거리며 다시 담배를 찾아 물기 위해 뒤로 돌아서는 그때, 위층 창문에서 박재영이 내려다보고 있는 것을 인수가 감지했다.

인수는 재빨리 서클을 회전시켜 화이트존을 생성시켰다.

구체인 화이트존을 직방형으로 변형시켜, 박재영을 향해
뻗어 냈다.

화이트존이 박재영을 감싸는 순간, 박재영의 모든 것이
통제 가능해졌다.

인수는 제일 먼저 박재영의 감정 상태를 파악했다.

그런 다음 순차적으로 기억을 더듬어 나갔다.

'의외인데? 저렇게 천방지축으로 날뛰는 애한테 저런 얌
전한 남자 친구가 다 있다니.'

'그나저나 오늘도 틀렸군.'

그때 인수의 앞에서 유정이 담배를 다시 물고는 불을 붙
였다.

'쯧쯧쯧. 진짜 내 딸이었다면 뒤지게 패서라도 버르장머
리를 고쳐 놓을 텐데. 하긴 한철이 녀석이 가정을 제대로
돌보지 못했으니……'

순간, 서한철을 떠올리는 박재영의 기억이 인수에게 전
해져 왔다.

그와 동시에 서한철의 목소리가 들려왔다.

인수는 그 목소리에 집중했다.

배신감으로 인해 분노와 억울함으로 마구 뒤섞여 있는
그 목소리는…….

너무나도 슬펐다.

맥주병의 뚜껑이 열린 것처럼, 거품처럼 끓어오르는 그

무수하고도 복잡한 감정들.

그리고 결국엔 솟구쳐 올라오는…….

인수는 그 목소리에서 공감을 넘어 일종의 동지애까지
느껴질 정도였다.

# 제18장 최초의 살인

# 트리니티 레볼루션
## Trinity
## Revolution

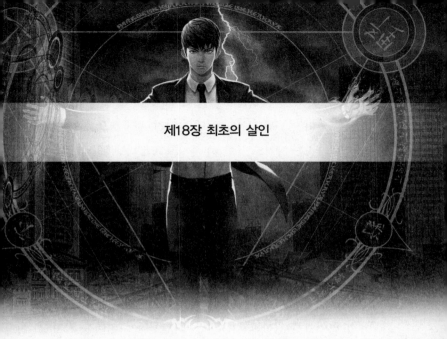

제18장 최초의 살인

서한철의 목소리를 듣고 있는 인수의 표정은 무표정 그 자체였다.

'그러면 놈이라도 잡아넣어야죠! 어떻게 이대로 다 포기합니까? 이게 신약입니까? 이게 이 서한철이 목숨을 걸었던 신약의 맹세란 말입니까? 부장님! 대답해 보세요!'

죄책감 때문일까?

아니면 아직까지도 서한철을 두려워하고 있기 때문인 것일까?

박재영의 기억이 꽤 오래되었음에도, 인수가 생각했던 것보다 훨씬 더 선명했다.

서한철의 목소리를 떠올리던 박재영은 자신의 변명도 똑

똑히 기억했다.

'다 끝났어! 다 끝났다고! 누구는 노력 안 한 줄 알아? 정보에만 눈이 어두워 그놈이 어떤 놈인지, 뒷구멍으로 뭘 하고 다니는지는 파악도 못한 채 싸지르고만 다닌 게 네가 저지른 가장 큰 실책이야! 아직도 몰라? 이 상납 리스트가 오히려 우리 목줄을 죄고 있다고! 어쩔 수 없어, 한철아. 덮어야 해. 이대로 다 덮어야 한다고! 우리 신약을 위한 길은 이것뿐이야.'

오랜 세월을 따라오며 자신을 질기게 괴롭혀 왔던, 궁색했던 자신의 변명을 되짚어 보며 일종의 죄책감과 자괴감에서 벗어나길 원하고 있겠지만, 그럴수록 죄의식은 커져만 갔다.

'아니, 신약을 위하는 척하지 마. 배신자는 당신이야. 총장이 살아야 우리가 산다고? 웃기지 마! 당신 혼자 살아 보겠다며 나를 팔았고, 신약까지 놈들에게 팔았어! 어떻게 정의가 이럴 수가 있어! 익명의 제보자. 그건 바로 당신이야.'

'아니야! 하늘에 맹세코 난 아니라고!'

박재영이 진심으로 억울해했다.

담배를 피우고 있는 유정을 보고 있노라니, 지켜 주지 못한 미안함으로 인해 그 자괴감은 더욱 더 커지고 있는 중이었다.

'부장님. 우리 딸 너무 예쁘죠? 저는 우리 딸을 위해서라면 제 목숨까지도 기꺼이 내줄 수 있습니다.'

이제는 서한철과 함께했던 추억을 떠올리는 박재영이었
다.

'그런데 윤희조차도 남편의 행방을 모른다는 게 말이 되
나?'

박재영이 유정의 엄마인 윤희를 통해 서한철의 행방을
알아내려는 마음도 고스란히 읽혔다.

'그동안 충분히 감사했습니다. 이제 그만 찾아오셨으면
합니다.'

술에 취한 유정이 엄마의 목소리였다.

'제수씨! 한철인 내 친동생이나 다름없는 녀석입니다. 찾
아낼 겁니다. 제가! 이 박재영이! 반드시 찾아낼 것입니다!'

'이러지 마세요. 취하셨습니다.'

순간 인수는 박재영의 이상한 감정을 확인했다.

그것은 물음표, 즉 의문이었다.

박재영이 유정이 엄마의 손을 덥석 붙잡았을 때, 박재영
은 순간 물음표를 던진 것이었다.

그 물음표는 '내가 왜 이러지?'가 아니라 '뭐지?'라는 의
문이었다.

인수는 박재영이 던진 이 물음표에 집중했다.

하지만 수시로 바뀌는 박재영의 감정으로 인해 그 느낌
을 계속 잡아낼 수가 없었다.

어쨌든 인수는 박재영의 과거를 통해 서한철이 어떻게

위기에 몰리게 되었는지는 파악할 수 있었다.

서한철은 신약이라는 조직을 위해 희생된 것이 아니라, 자기는 살아 보겠다며 정면으로 나서지 않은 박재영의 이기심에 의해 처참히 유린당한 것이었다.

박재영은 대검찰청 중앙수사부장으로 검찰총장의 지휘 아래 움직여야 하지만, 검찰총장조차 믿지 못한 그는 신약이라는 비밀조직을 만들었고, 서한철을 앞세워 야심차게 제3세대파 게이트의 수사에 나섰다.

시작은 분명 정의를 위한 길이었다.

누군가는 반드시 나서서 척결해야 할 일이라고도 믿었다.

하지만 박윤구라는 뜻하지 않았던 변수로 인해, 자신이 옷을 벗어야 하는 위기에 처하고 말았다.

검찰총장은 왜 시키지도 않은 일을 해서 검찰 전체를 욕보이는 것이냐며 불같이 화를 냈다.

결국 상납 리스트에 기재된 그 누구도 기소할 수가 없는 상황에서, 익명의 제보자에 의해 신약이 수면 위로 드러나는 최악의 궁지에까지 몰리고 말았다.

게다가 지방으로 좌천된 박재영은 박윤구가 부패 검사들에 의해 증거불충분으로 공소권 없음 판정을 받고 풀려나는 것을 지켜볼 수밖에 없었다.

제3세대파가 배신자인 박윤구를 직접 처단하기를 원했기 때문이었다.

동시에 사냥개 서한철까지도.

인수는 제3세대파 게이트라는 이 거대한 사건에서, 이제는 서한철의 생사를 확인해야 했다.

하지만 바로 그때 서유정이 먼저 간다고 말하면서 화이트존 안으로 들어와 버렸다.

우우우웅.

"……?"

서유정은 순간 자신이 통째로 발가벗겨진 느낌을 받았다.

그야말로 귀신 같은 감각이었다.

그리고 그 발가벗겨진 몸을 누군가가 빤히 지켜보고 있는 느낌에 소름이 돋아났다.

'젠장!'

인수는 유정이 느끼고 있는 본능적인 직감을 알아챘다.

즉시 서클을 멈추어 화이트존을 거두었다.

박재영을 향해 직방형으로 뻗어 나간 화이트존이 다시 구체로 변해 작아지며 서클 안으로 되돌아오는 그때였다.

우웅, 우우웅.

서클이 다시 저절로 회전했다.

다시 생성된 화이트존이 인수를 이탈해 유정을 감싸는 순간, 유정은 하얀 공간에 갇혀 버렸다.

"뭐야……."

온통 하얀 공간.

유정의 눈앞에 영화처럼 장면이 펼쳐졌다.

세 살배기 아기가 정면에서 돌진하듯 뛰어왔다.

그 아기는 바로 자신이었다.

'아빠, 아빠!'

유정은 뒤를 돌아보았다.

'유정아! 여기! 아빠 여기! 이리 와!'

두 팔을 가득 벌리고 환하게 웃고 있는 남자.

"……!"

아기는 유정을 그대로 통과해 그 남자의 품안으로 뛰어
들었다.

아기를 품에 안고 뺨을 부비는 남자.

"아빠?"

유정은 아빠의 얼굴을 똑똑히 보았다.

'와하하하! 역시 내 딸이야. 엄청 빨라. 윤희야 봤어? 크
면 육상 시켜도 되겠어.'

유정은 다시 뒤를 돌아보았다.

거기에 서 있는 엄마.

젊고 예쁘다. 가슴도 크지 않고, 청순한 모습이다. 하지
만 우울해 보인다.

'유정아. 엄마한테 와.'

엄마가 힘없이 말한다. 갑상선 수술 전의 엄마 목소리는

청아하다.

'싫어.'

고개를 젓는 아기는 아빠의 품 안에서 떠날 줄을 모른다.

'울 딸 커서 누구랑 결혼한다고?'

'아빠! 난 아빠랑 결혼할거야!'

아기는 아빠의 목을 꽉 끌어안는다.

지켜보는 유정의 두 팔과 손에도 힘이 꾹 들어갔다.

새근새근.

이어서 숨소리가 들려왔다. 포근한 아빠의 숨소리.

머리를 쓰다듬어 주는 아빠.

아기는 잠이 든다.

유정은 똑똑히 보았다. 자신을 저렇게도 예뻐한 아빠를…….

하지만 엄마가 등을 돌린다.

너무나도 우울해 보인다.

'윤희야. 너도 이리 와.'

등을 돌린 채 고개를 젓는 엄마의 모습.

"엄마……."

아빠에 대해 물어보면 알 거 없다고 차갑게 내뱉기만 했었던 엄마였다.

하지만 자신을 품에 안고 환한 얼굴로 웃고 있는 아빠는 너무나도 근사했다.

순간 눈앞의 장면이 연기처럼 사라져 버렸다.

'윤희야! 윤희야!'

이어서 뒤에서 들려오는 아빠의 다급한 목소리.

"아빠!"

유정이 뒤를 돌아보며 소리쳤다.

순간, 펼쳐진 장면은 유정이 보지도 못했건만 연기처럼 사라져 버렸다.

엄마가 분명 쓰러져 있었다.

유정은 사라진 장면을 찾기 위해 정신없이 고개를 돌렸다.

이윽고 시간이 뒤죽박죽으로 흐르며 알 수 없는 장면들이 마구잡이로 스쳐 지나갔다.

경찰 제복을 입은 아빠의 모습.

표창 수여식 장면이 나타났다.

상관이 어깨의 견장을 바꾸어 주며 표창을 수여하자, 뒤돌아 절도 있게 경례하는 아빠의 모습.

그 모습은 유정이 보기에 정말 근사했다.

사람들이 박수를 친다.

엄마도 사람들 틈 속에서 환한 얼굴로 박수를 친다.

하지만 자신의 모습은 없다.

아빠 멋지지?

엄마의 목소리가 들려온 순간, 유정은 엄마의 배를 보았다.

배가 불룩했다.

유정은 엄마가 자신을 임신한 상태라는 것을 알 수가 있었다.

그리고 이때만 해도 엄마의 표정은 무척이나 밝았다.

유정은 다시 아빠를 보았다. 하지만 또 연기처럼 사라져 버렸다.

그때 뒤에 나타난 장면.

'더 이상 이렇게는 못 살아! 이게 사는 거야?'

부엌칼 끝을 자신의 목에 댄 채로 소리치며 울부짖는 엄마의 모습.

'윤희야 안 돼. 그러지 마!'

아기가 방치된 채로 울고 있다.

유정의 한쪽 눈에서 눈물이 주르륵 흘러내렸다.

그렇게 또 연기처럼 사라졌다가 다시 나타나는 장면들은 모두 다 어둡기만 했다.

유정을 혼란스럽게 만들었다.

하지만 유정은 똑똑히 보았다.

서한철.

명찰의 이름을.

상관이 어깨의 견장을 달아 주며 표창하자, 뒤돌아 절도 있게 경례를 하는 아빠의 모습을.

근사한 경찰 제복.

유정이 자신의 아빠가 어떤 사람이었는지를 똑똑히 알게
된 순간이었다.

◇ ◆ ◇

그동안 윤철이 알게 된 사실을 전해 들은 뒤, 화이트존
안에서 보았던 장면과 종합해 본 유정은 한강을 향해 고함
을 내질렀다.

"아악! 아악!"

지쳐 쓰러져 무릎을 꿇으면서도 유정은 피를 토하듯 소
리를 내지르고 또 내질렀다.

인수와 윤철은 그런 서유정의 뒷모습을 잠자코 지켜볼
수밖에 없었다.

그렇게 속의 울분을 모두 토해 낸 유정이 뒤돌아 인수의
앞으로 걸어왔다.

"너. 검사 되라. 내가 너의 사냥개가 될 테니."

유정이 말하는 순간, 인수는 서클을 회전시켜 화이트존
을 생성했다.

인수의 눈앞에 유정의 미래가 펼쳐졌다.

밤거리.

부아아앙!

오토바이의 굉음이 울려 퍼졌다.

검정색 헬멧에 검정색 가죽 복장 차림으로 검정색 오토
바이를 타고 사냥개처럼 먹이를 찾아 도심을 질주하는 유
정의 모습.

인수는 고개를 저으며 서클의 회전을 멈추고 화이트존을
거두어들였다.

하지만 화이트존이 사라지는 순간 유정의 엄마로 보이는
여인이 유정을 향해 달려왔고 손을 뻗으며 절규했다.

유정은 이미 죽어 있었다.

공장 부지로 보이는 곳에서, 제3세대파의 건달들에 의해
발가벗겨져 갈기갈기 찢겨진 채로⋯⋯.

"안 돼."

인수가 단호히 말했다.

그러자 유정이 인수를 노려보았다.

"안 되긴 뭐가 안 돼? 너지? 그날 욕탕에서 내 뺨 날린 것
도, 무열이 박살 낸 것도. 너 도대체 뭐야? 정체가 뭐냐고!"

여전히 대답 없는 인수.

"넌 내가 알고 있었던 인수가 아니야! 아! 씨발! 말 좀 해
봐!"

여전히 대답이 없자, 유정이 인수의 뺨을 향해 손을 날렸
다.

뒤에서 윤철이 놀라서 움찔거렸다.

그 손을 인수가 붙잡자, 다른 손이 올라왔다.

그 손도 인수가 붙잡았다.

두 손이 맥없이 제압당하자, 유정은 억울해 미칠 지경인지 발을 차기 시작하며 발악하기 시작했다.

인수가 몸을 휙 뒤로 돌려 두 손을 앞으로 해서 꽉 안아 버리자, 이제는 그 손을 물어뜯으려고 몸을 숙이는 것이 진짜 미친개처럼 보였다.

폴짝폴짝 뛰기도 하고, 뒤통수로 들이박기도 하고.

하지만 인수는 그렇게 뒤에서 유정을 안은 채로 두 팔을 꽉 붙잡고만 있을 뿐이었다.

결국 유정은 지쳐서 더 이상 힘을 쓰지 못했다.

"놔. 이거 놔, 이 자식아……."

유정의 고개가 맥없이 고꾸라졌다.

"억울해…… 내가 왜 그런 놈들 때문에 이렇게 살아야 해…… 정말 억울해."

결국 유정은 스스로 분에 못 이겨 쇼크를 일으키고 말았다.

그대로 의식을 잃고 만 것이다.

깨어 있을 때는 힘찬 연어 같던 아이가 축 늘어지니, 가볍기도 한없이 가벼웠고 어른의 보호가 필요한 아이 같을 뿐이었다.

인수는 그렇게 유정을 뒤에서 안은 채로 말했다.

"넌 아직 어려."

인수의 심장을 중심으로 서클이 회전했다.

우우웅.

그 회전은 유정의 등으로 전해졌다.

"자, 유정이 받아."

"응?"

인수는 윤철에게 유정을 넘겨주었다.

윤철이 재빨리 다가와 유정을 아이처럼 받아 안았다.

"나 먼저 간다."

"잉? 우린 어떻게 하고?"

인수는 대답하지 않았다.

그렇게 두 사람으로부터 멀어지며 주문을 걸었다.

기억을 지우는 비.

"레투레이모."

유정을 안은 채 인수의 뒤를 따라가던 윤철은 갑자기 비가 내리자 우뚝 멈추어 서서는 하늘을 올려다보았다.

"뭐야? 갑자기 웬 비?"

두 사람은 순식간에 흠뻑 젖었다.

비가 그치고, 윤철이 재채기를 했을 때였다.

"에취!"

유정을 안고 있는 자신을 발견한 윤철은 화들짝 놀라서 그만 두 손을 놓고 말았다.

쿵!

"아파!"

바닥에 내동댕이쳐진 유정이 깨어났다.

"뭐야? 우리 왜 이러고 있는 거야?"

"그러게? 우리 저기 강물에 들어갔다 나왔나?"

두 사람은 자신들이 지금 왜 이렇게 흠뻑 젖어 있는지를
알 수가 없어 황당할 뿐이었다.

인수는 이미 사라지고 없었다.


어두운 거리.

무표정한 얼굴로 골목을 걷는 인수의 양쪽으로 날개가
펼쳐지듯 두 사람이 모습을 드러냈다.

위소와 바수라.

그 두 사람은 인수의 눈에만 보였다.

"안 돼."

위소가 오른쪽에서 말했다.

"더 곪게 둘 순 없어. 어떻게든 다시 터트려야 돼."

말을 내뱉은 인수의 보폭이 점점 빨라졌다.

양쪽 두 사람이 그런 인수의 보폭을 그림자처럼 맞추고
걷는다.

"잘못된 건 바로잡아야 해. 그 노력이 문제가 되는 세상
은 이미 희망이 없는 세상일 뿐이야."

이번에는 바수라가 말했다.

자신이 노예로 살았던 세계에 미련이라곤 눈곱만큼도 없다는 말투였다.

하지만 정말 그럴까?

인수는 생각했다.

위소가 사면공자에 대한 복수심을 계속 키우고 있다지만, 그 속내를 들여다보면 두려움이 존재한다.

바수라도 자신이 살았던 세계를 희망이 없는 세계라고 단정 짓고 있지만, 다시 돌아갈 수 있다면 바꾸고 싶은 것이다.

"어쨌든 살인은 안 돼. 다른 방법으로도 충분히 부각시킬 수 있고 또 바로잡을 수 있어."

위소가 다시 말했다.

하지만 인수는 대꾸하지 않았다.

그저 무표정한 얼굴로 걷기만 할 뿐이었다.

허름한 빌라 앞에 도착한 인수는 창문의 불이 꺼지는 것을 보았다.

잠시 후, 박윤구가 담배를 피우며 밖으로 나왔다.

박윤구는 바로 옆, 가로등 아래 서 있는 인수를 보지 못했다.

인비져빌리티.

가로등의 불빛을 굴절시키며 몸을 투명하게 만들어 타인의 시야로부터 자취를 감추는 마법이었다.

"카악, 퉤!"

인수의 발 앞에 가래침이 뱉어졌다.

껄렁거리는 자세로 담배를 피우며 걷던 박윤구는 앞에서 오고 있는 세 명의 여학생들을 빤히 쳐다보며 씩 웃었다.

여학생들은 겁에 질려 담벼락에 몸을 바짝 붙인 채로 나란히 걸어 박윤구의 옆을 통과했다.

"고년들."

박윤구는 뒤돌아 여학생들을 보며 입맛을 다셨다.

퉤 하고 침을 뱉더니 이내 골목을 빠져나와 택시를 잡아탔다.

뒤따라온 인수가 다음 택시를 잡아타며 말했다.

"앞 차 따라가 주세요."

◇ ◆ ◇

휘황찬란한 네온사인으로 불야성을 이루는 유흥가.

박윤구는 로얄클럽 간판을 올려다보며 건물 안으로 들어갔다.

투명한 아지랑이와도 같은 형상이 박윤구의 뒤를 따라 들어가고 있었다.

웨이터 복장의 남자들이 박윤구를 보고는 "형님!" 하며 90도로 인사했다.

"설희 들오라 그래."

"네, 형님."

4번 룸.

소파 하나를 차지한 채 두 다리를 양쪽으로 쫙 벌린 상태로 문을 응시하는 박윤구.

게슴츠레한 눈으로 문을 보더니, 단 1초라도 못 견디겠다는 듯 자신의 물건을 주물렀다.

문이 열렸다.

한데 설희가 아닌 늙어 빠진 사장 오병욱이 들어오자, 박윤구는 인상을 확 찌푸렸다.

"윤구야."

오병욱이 쩔쩔매며 박윤구의 옆으로 다가왔다.

제3세대파의 핵심 간부들이 어느 날 이상한 놈을 데리고 왔다.

제3세대파의 보호를 받고 있는 입장에서 앞으로 형 동생하며 친하게 지내라고 하니, 이제 환갑이 다 된 오병욱은 나이도 어린놈에게 그저 깍듯이 대접했다.

하지만 갈수록 그 정도가 심하다.

뭐하던 놈인지 모르겠지만, 완전 미친개라는 것은 확실하다.

좀 알아보니, 세상에나 0.3평 방 안에서 13년을 갇혀 있었단다.

"애들한테 좀……."

"아 설희 들어오라니까는 형님이 들어오고 그러서. 형님이 설희야?"

"나는 설희가 아니지. 나는 이 가게 사장."

"허, 참 나. 말장난은."

"그게, 우리가 영업도 해야 하고……."

"알았수다. 알았으니까 형님은 나가고 진짜 설희 들여보내쇼."

박윤구는 귀찮은 파리를 쫓는 것처럼 손을 휘 저었다.

"부탁한다."

"알았다니까. 참, 성가시게 하네."

"아니 너 성가시게 할 뜻은 없었어. 알잖아?"

"형님. 나 13년을, 정확하게 13년 4개월을 요만 한 골방에 갇혀 있다가 이제 겨우 세상 빛 보고 살아야겠다고 마음먹은 놈이요. 아, 쓰벌 내가 무슨 올드보이도 아니고."

"알지. 내가 알지. 내가 네 맘 다 알지. 내가 모르면 누가 알겠냐."

"그냥 앉아서 커뮤니케이션만 할 거요. 사람이 너무 그리웠으니까. 됐습니까?"

"그래, 알았어."

뒤돌아선 오병욱이 얼굴에 18을 그리며 밖으로 나간 뒤, 문이 열리며 설희라는 여자가 들어왔다.

"이리 와."

여자는 잔뜩 굳은 얼굴로 조심스럽게 걸어가 박윤구의 옆에 앉았다.

그런 여자를 박윤구는 위 아래로 훑어보았다.

"우리 설희는 오빠가 안 반가운가 보네?"

"제가요? 오빠, 아니에요."

"아니긴 쓰벌. 내가 무슨 벌레냐?"

"오빠는…… 왜 자신을 벌레로 격하시키고 그래."

"요년, 말하는 거 봐라. 이리 와. 여기. 여기로."

박윤구가 쫙 벌린 다리 사이를 팡팡 치자, 여자가 몸을 일으켜 살포시 앉았다.

그렇게 뒤에서 여자를 안고는 혓바닥을 내밀어 여자의 목을 핥자, 설희라는 여자는 소름이 돋아 인상을 쓰며 어깨를 움츠렸다.

"킥. 더러워?"

"아니에요."

"근데 왜 이렇게 몸을 움츠려? 아마추어야?"

"아 울 오빠. 날 또 극한직업으로 몰아가네."

"그러니까 가만있어 봐. 쉽게 가자."

박윤구의 혀가 다시 빠져나왔다.

"……?"

한데 그 혓바닥이 계속 빠져나왔다.

"케, 케, 켁!"

뒤에서 들려오는 소리에 고개를 돌려 박윤구를 본 설희는 깜짝 놀라 두 손으로 자신의 입을 가렸다.

"……!"

박윤구가 두 눈이 뒤집어진 채 몸을 뒤틀며 고통에 몸부림치고 있는 것이 아닌가?

마치 좀비로 변해 가는 과정과도 같았다.

팔이 뒤틀리는 것을 시작으로 몸과 다리가 기형적으로 꺾이더니 이내 공중으로 붕 떠올랐다.

"꺅!"

설희가 겁에 질려 비명을 내지르며 밖으로 도망쳤다.

"뭐야? 무슨 일이야?"

애들 앞에서 박윤구를 씹고 있던 오병욱은 룸을 빠져나와 있는 설희를 보며 또 사고가 터졌다는 걸 직감했다.

"꺅!"

설희가 또 다시 비명을 토해 내며 뒤로 나자빠졌다.

오병욱이 벌떡 일어났고, 웨이터들은 깜짝 놀라서 일어나 설희가 있는 곳으로 뛰어갔다.

"뭐야? 무슨 일이야?"

오병욱은 그 자리에 선 채로 기웃거리며 물었다.

잠시 후, 안으로 들어간 직원들이 뒷걸음을 치며 밖으로 나왔다.

"사장님……."

"아 무슨 일인데 그래?"

"죽었어요……."

"뭐?"

오병욱이 달려가 직원을 밀치고는 4번 룸 안으로 뛰어들었다.

"뭐야……."

박윤구는 싸늘한 시체가 되어 있었다.

그들 사이로 투명한 아지랑이와 같은 형상이 스르르 빠져나왔다.

그리고 건물을 빠져나온 그 아지랑이는 점차 사람의 형태를 띠기 시작했다.

그렇게 모습을 드러낸 인수의 두 눈은 차분해 보였다.

하지만.

인수는 이미 화이트존을 통해 박윤구가 저지른 악행을 똑똑히 보았었다.

발가벗겨진 여자를 때리고 목을 졸라 죽이면서도, 그것을 즐기는 살인자.

이미 제3세대파를 배신한 벌로 0.3평의 공간에서 13년을 감금된 채 생활했다.

미쳐서 날뛰다가 밖을 지키던 조직원들에게 죽을 만큼 얻어맞고 바닥을 뻴뻴 기는 모습.

신곡의 지옥에 가두어 갱생의 기회를 줄 필요도 없는 짐
승만도 못한 인간.

묻혀 버린 사건을 다시 드러내 바로잡아야 할 필요가 있
다지만, 결국 인수는 그를 심판하고 말았다.

하지만 법을 초월할 수 있는 사람은 없다.

그 누구도 법 위에 군림해서는 안 된다.

그렇다면 난 도대체 무슨 자격으로 박윤구를 심판하는
가?

위소의 인격이 말렸지만, 인수는 받아들이지 않았다.

인수의 차분한 두 눈은 딜레마로 미세하게 흔들렸다.

그 이유를 막론하고, 최초의 살인이었기에.


◇ ◆ ◇


도서관에서 세영을 다시 만난 인수는 일이 생겨서 스터
디를 하기로 했던 약속을 지키지 못할 것 같다고 말했다.

인수는 힘없이 웃었다.

미안하다는 말은 하지 않았다.

세영은 별로 놀라지 않았고, 웃으며 알았다고만 대답했다.

인수가 미안하다는 말을 끝내 하지 않았듯, 세영도 무슨
사정인지 끝내 물어보지 않았다.

그리고 오늘의 만남을 끝으로 남은 방학이 지나 새 학년

새 학기를 시작한 이후까지 만나지 못하게 될 것이라는 건
두 사람 모두 알지 못했다.

◇ ◆ ◇

방학이 끝나 갈 무렵 수연이 집에 왔다.

다행히도 건강해진 모습이었다.

수연은 본격적인 데뷔를 준비하느라 정신이 하나도 없다
고 말했다.

인수는 그런 수연에게 응원을 보냈다.

인혜와 수연은 예전처럼 방 안에서 즐거운 시간을 보냈
고, 인수는 자신의 방 안에서 화이트존을 통제했다.

이번에 시도하는 것은 화이트존을 통한 타임워프였다.

과연 화이트존에서 영상처럼 보이는 그 시간 속으로 현
재의 의식을 보낼 수 있을까?

만약 그것이 가능하다면, 바수라의 삶과 위소의 삶, 그리
고 세영과의 슬픈 기억도 바꿀 수 있으리라.

하지만 그것은 불가능한 일이었다.

화이트존에서 보이는 영상에 물리적인 영향력을 행사할
수 있는 방법은 찾아낼 수 없었다.

영상이 펼쳐지는 그 시간은 무언가를 시도하기에는 찰나
의 순간이었고, 그 장면들은 끔찍하고 잔혹했기에 평정심을

유지하지 못했다.

그러던 어느 날, 인수는 알게 되었다.

서클이 자신의 의지와 상관없이 회전한 이유 중의 하나는 바로 바수라의 의지도 포함되어 있다는 것을.

그리고 내공이 통제되지 않는 것도 위소의 의지가 작용하고 있다는 것을.

인수는 진정한 삼위일체가 무엇인지에 대해 고민하는 시간을 가지기 시작했다.

처음에는 이들의 인격이 인수에게 흡수되었다고 생각했었다.

하지만 이들은 무의식의 바다 저편에 잠들어 있을 뿐, 모두 각각의 의지를 지니고 있는 것이었다.

인수는 이들의 인격을 하나씩 불러내 서로가 이해하고 상호 협력해야만 진정한 삼위일체가 가능하다는 결론을 내렸다.

그리고 그때가 되면, 화이트존을 통한 타임워프도 가능하지 않을까?


그날 밤.

인수는 악몽을 꾸었다.

심장이 뛰는 속도가 빨라지는 것만큼, 저기 멀리서부터 들려오던 말발굽 소리가 점점 더 가까워지며 커지기 시작했다.

282

숲길.

제갈세가의 미치광이 제갈휘와 맞닥뜨리기 전, 바로 그 상황이었다.

채앵.

말발굽 소리가 점점 더 가까워지자, 인수는 검을 뽑아 들었다.

두려움이 물밀듯이 밀려왔다.

인수는 뒤를 돌아보았다.

여기서 온 힘을 다해 도망쳐 먼저 집에 도착하면 아내와 딸을 피신시켜 살릴 수 있을까?

점점 더 가까워져 오는 거대한 힘 앞에 맞서 싸울 수도, 도망칠 수도 없는 인수는 그 어느 쪽도 선택할 수 없는 딜레마에 빠진 채로 정면만 응시했다.

운명을 바꾸는 힘은 과연 무엇일까?

난 지금 이 상황을 바꿀 수 있을까?

파박.

선두에서 말을 타고 달려오는 제갈휘를 발견한 순간, 인수가 발을 박차고 솟구쳐 올랐다.

태양이 눈부시게 빛났다.

검신이 그 태양을 반사시켰다.

매우 흥미롭다는 표정으로 씩 하고 비웃는 제갈휘의 얼굴.

바꾸어야 한다.

아니, 바꿀 수 있다.

만약 운명을 바꾸는 힘이 있다면 지금 이렇게 힘차게 내려치는 검을 닮았을 터!

파앙.

인수가 제갈휘의 비웃음을 향해 검을 내려치는 순간 강렬한 충격파가 사방으로 퍼져 나갔다.

"끄허어억!"

인수는 악몽에서 깨어나며 비명을 토해 냈다.

심장이 쿵쾅거렸다.

온몸이 땀으로 흥건했다.

거친 호흡이 진정되지 않았다.

꿈이라서 다행이라는 안도감이 밀려오는 순간, 스스로에게 엄청난 분노가 일어났다.

인수는 침대에서 몸을 일으켜 창가로 다가갔다.

창문을 열고 새벽하늘을 보았다.

그렇게 인수는 어금니를 꽉 깨물며 두 주먹을 불끈 쥐었다.

만약 그 상황으로 돌아갈 수 있다면.

놈의 모가지를 반드시 날려 버릴 테다.

제19장 달콤한 시간

# 트리니티 레볼루션
## Trinity
## Revolution

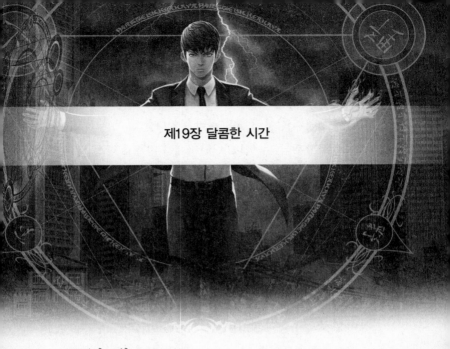

제19장 달콤한 시간

2004년, 3월.

개학을 하고 2학년 반이 배정되었다.

윤철과 경석, 그리고 지석과 석태가 같은 1반이 되었고, 인수는 반장이 되었다.

그리고 진단평가에서 인수는 또 올백을 맞았다.

3연속 올백에 3연속 전체 1등을 찍자, 인수의 부모는 인수와 했던 약속을 지켜야 했기에 어쩔 수 없이 방을 알아보아야만 했다.

특별한 것은 영호가 다시 1학년으로 학교에 왔고, 장우식이라는 재벌3세가 2학년으로 복학했다는 것이다.

인수의 기억에 남아 있는 장우식은 망나니에 관심종자였다.

나이는 스무 살.

고급 슈퍼카를 몰고 다녔고, 김 실장이라는 운전기사가 그를 수행하며 형처럼 곁을 지켜 주었다.

거기에 장우식은 선천적 단안장애를 핑계로 항상 선글라스를 착용하고 다녔는데, 맹인견이랍시고 해피라는 이름의 도베르만을 교문까지 데리고 다녔다.

이 개도 김 실장이 관리했다.

학교장도 사나운 개를 데리고 다니는 장우식에게 어떠한 조치를 내리지 못했다.

교문 안으로 끌고 들어오는 것도 아닌 데다가, 재단이사장이 바로 장우식의 할아버지이기 때문이었다.

덕분에 학생들의 등교 시간이 앞당겨졌다.

교문 앞에서 해피와 맞닥뜨리는 것을 피하기 위해서였다.

영호는 여전히 정신을 못 차렸다.

이제는 장우식에게 찰싹 달라붙어 따라다니며, 애들 표현으로 장우식과 해피의 똥구멍을 핥기에 바빴다.

이때다 싶었는지, 인수에게 밀려나 힘을 쓰지 못하고 있던 동철도 장우식에게 달라붙었다.

장우식은 세력을 급속도로 확장해 학교의 꼴통들 대부분을 자신의 발아래로 흡수했다.

하지만 몇 녀석이 자신을 무시했다.

장우식이 알아보니 인수파란다.

"박인수?"

그렇게 장우식은 인수를 인식하기 시작했고, 슬슬 몸이
근지러워지고 있는 중이었다.

하지만 정작 인수는 장우식 따위 안중에도 없었다.

◇ ◆ ◇

인수는 약속과는 달리 마냥 반대하는 부모님을 설득해
기어코 24평 아파트를 얻어 독립했다.

사실 박지훈과 김선숙은 '설마 인수가 집을 따로 얻어
나가겠어?' 하며 반반인 심정이었는데, 진짜로 독립을 원
하자 많이 갈등했다.

1학년 2학기 중간고사와 기말고사에 이어 2학년 새 학기
진단평가까지 세 번 연속 올백에 세 번 연속 전체 1등을 찍
고 나서 당당히 말하니 더 이상 반대할 수가 없었다.

사실 인수가 믿음직스러웠기에 가능한 일이었다.

게다가 집에서 그리 멀지 않은 곳이었기에 김선숙 여사
가 허락했던 것이다.

혼자만의 공간.

인수는 요즘 들어서는 혼자 있는 시간이 너무 좋았다.

어쩔 때는 마냥 뒹굴뒹굴하며 잠만 자기도 했다.

하루는 동네 한 바퀴를 돌며 산책을 하다가 고급 한우식

당 앞에서 발걸음을 멈추었다.

문을 열고 들어가 식당 안을 둘러보았다.

겉만 화려한 식당은 아니라는 듯 손님이 엄청 많았다.

그만큼 맛을 인정받는 것이다.

"어서 오세요."

종업원 아주머니가 인사를 하자 인수도 인사를 했는데, 자리에 앉지는 않고 그냥 계속 둘러보기만 했다.

"손님? 혼자 오셨어요? 이쪽으로……."

"아. 나중에 귀한 분을 모시고 올까 해서 둘러보는 거예요. 수고하세요."

"아, 네……."

아주머니가 인수의 등을 보며 고개를 갸우뚱거렸다.

식당을 빠져나와 집으로 돌아온 인수는 음악을 틀고 소파에 앉았다.

딩동.

초인종이 울렸다.

엄마려니 하고는 모니터를 보았는데, 수연이었다.

약간 상기된 얼굴. '환영받지 못하면 어쩌지?' 하는 걱정과 염려의 표정도 보이고.

"……"

없는 척하면 전화를 할 테고…….

인수는 잠시 망설인 끝에 문을 열어 주었다.

"오빠! 저 집 구경 왔어요!"

돈이 어디 있다고, 잘 풀리는 집을 사 왔다.

애써 밝은 모습을 보이려는 수연이기에 인수도 환한 웃음으로 대해 주었다.

"그래, 어서 와. 뭐 이런 걸 다 사 왔어? 그냥 오지."

"빈손으로 올 순 없잖아요."

"잘했어. 근데 뭐 볼 게 없는데."

"와, 깨끗하고 좋다."

신발을 벗고 들어온 수연이 여기저기를 구경하며 좋아했다.

"부러워요. 저도 이런 곳에서 혼자 살고 싶어요."

"속 편하긴 해. 인혜랑 안 부딪쳐도 되고."

"아, 네……."

수연이 어색해하며 침대 방문을 살짝 열었다.

"봐도 돼요?"

"응."

"와, 이불 예쁘다. 이거 오빠가 골랐죠?"

침대 방 안으로 들어가 꽃무늬 이불을 만지는 수연은 자신의 집처럼 마냥 좋아했다.

"어. 어떻게 알았어? 엄마가 노티난다고 막 뭐라 하는 거 내가 우겨서 샀지. 예뻐?"

"네, 예뻐요. 울 아빠도 이런 꽃무늬 좋아하는데."

"원래 남자들이 이런 꽃무늬 패턴을 더 좋아해. 알록달록."

"아저씨 같아……."

"으응?"

수연이 활짝 웃으며 주방으로 이동했다.

냉장고를 열었다.

반쪽 수박이 탐스럽고 예쁘게 자리 잡고 있는 것을 보았다.

"와. 냉장고 꽉 찬 거 봐. 역시 아주머니. 우와, 수박이 벌써 나왔어요?"

"먹을래?"

문을 열고 냉장고를 탐색하는 수연의 뒤로 인수가 다가왔다.

수연이 지켜보는 가운데 인수는 반쪽 수박 말고 엄마가 먹기 좋게 썰어 담아 둔 용기를 꺼냈다.

"포크가 어디 있더라?"

"제가 찾을게요."

수연은 주방을 만지는 것이 무척 신나 보였다.

마치 자기 살림인 거 같았다.

"포크 귀엽다. 오빠 앉으세요."

인수가 식탁에 앉자, 수연도 반대편에 앉아 용기 뚜껑을 열었다.

"맛있겠다."

수연은 인수가 먼저 포크를 꽂을 때까지 기다렸다.

그때 머리를 뒤로 묶어 뮬란처럼 정수리로 말아 올렸는데, 참 예뻐서 인수의 시선이 저절로 고정되고 말았다.

날이 갈수록 예뻐지는 수연이었다.

"왜요?"

수연은 지금 자신이 얼마나 예뻐 보이는지를 알지 못하나 보다.

"아니야, 먹자."

"네!"

수연은 땀을 많이 흘리고 연습을 한 뒤라 수박 맛이 정말 꿀맛이었다.

하지만 몸을 관리해야 하기에 딱 세 조각 먹고는 포크를 내렸다.

"준비는 잘되어 가고 있어?"

"네. 올 겨울쯤에는 앨범 나오고 첫 방 탈 거 같아요."

"오! 대단해. 드디어 결실을 맺는구나."

"오빠 저 떨려요!"

"잘할 거면서."

"아니에요…… 무서워요."

"힘을 내시오. 엔젤스에서는……."

인수는 말을 하다가 멈추었다.

보보가 제일 예쁘다는 말을 하려고 했었다.

"네?"

"아냐."

인수가 딴청 부리자, 수연이 인수의 얼굴을 빤히 들여다보았다.

"어떻게 알아요?"

"응?"

"인혜가 우리 그룹명 알아요?"

"엔젤스?"

"네. 이거 극빈데? 바뀔 수도 있으니까 정식으로 발표 나가기 전까지 비밀로 하라면서 사장님이 우리한테만 말해준 건데……."

수연이 이맛살을 찌푸렸다.

"누구지? 누가 누설한 거지?"

"아냐. 인혜한테 들은 거 아냐."

"그래요? 근데 우리 그룹명을 오빠가 어떻게 알아요? 오빠 혹시 나 몰래 만나는 애들 있어요?"

당시 노래방에서 만났던 애들 중 엔젤스 멤버가 두 명 있기에 그들 중 누군가를 만나는 것이냐고 묻고 있는 것이다.

"에이. 내가 뭐하러."

"근데 오빠가 어떻게 아냐는 거죠."

"저번에 집에 왔을 때 말하지 않았나?"

"제가요?"

이럴 때면 수연은 변신을 한다.

수줍고 예의 바른 소녀에서 할 말 다 하는 똑 부러진 아이로.

"아니요? 저 맹세코 단 한 번도 밖에서 말하고 다닌 적 없거든요? 이럴 때 보면 오빠 정말 이상해요."

"……."

"이건요 오빠가 절대로 알 수가 없는 일이거든요? 저 정말 알아야겠어요. 제가 말한 거 같다고요? 그렇게 둘러대시면 안 돼요, 오빠. 오빠?"

인수는 순간 죄인이 되어 버렸다.

"응?"

"오빠 솔직히 대답해 주세요. 인혜한테 들었죠?"

"아니."

"저 오빠 믿어요."

끄덕끄덕.

"그러면 보람이랑 경희. 둘 중에 누구한테 들었어요?"

"맹세코 그 뒤로 누굴 만난 적이 없는데……."

수연의 두 눈이 가늘어졌다.

뭔가 머릿속에서 열심히 추리를 하는 중이었다.

"오빠 친구 분들…… 우리 애들 만나는 사람 있어요?"

"아니."

"아 그럼 뭐예요? 오빠가 어떻게 알아요?"

인수는 순간 이상한 상상을 했다.

훗날 결혼을 해서, 말도 없이 외박이라도 하고 와서 막 추궁을 당하는 모습을.

인수는 아찔하다는 듯 머리를 털었다.

세영을 두고 이런 생각을 했다는 것 자체가 정말 아찔했다.

"정말 이상하네? 오빠. 오빠? 저 좀 봐요. 네?"

인수는 고개를 푹 숙이고 말았다.

"오빠아. 고개 좀 들어 봐요. 어차."

수연이 수박을 옆으로 밀치더니, 몸을 일으켜 탁자 위로 넘어올 기세다.

그러더니 두 손으로 인수의 턱을 받쳐 들어 올렸다.

그러자 맑은 눈이 인수의 눈에 들어왔다.

아뿔싸! 또 틈을 주고 말았다.

인수는 후회했지만 이미 늦었다.

선을 넘고 말았다.

이러면 안 된다는 것을 잘 알고 있지만, 남성이 자극되었다.

어차, 할 때 수연의 입술에서부터 입김이 전해져 왔는데 정말 말 그대로 키스를 부르는 입술이었다.

인수는 자신이 마치 강아지가 된 기분이었다.

개를 이렇게 예뻐하나…….

양쪽 뺨을 감싸고 있는 두 손은 따뜻하고 부드럽다.

요녀다.

수줍은 척. 예의 바른 척. 어려워하는 척하다가 기회를 잡으면 곧바로 낚아챈다.

스타를 향한 꿈도 분명 이렇게 계속 전진해 나가고 있는 것이리라.

결혼이라도 하게 되면 상대를 꽉 잡는 스타일이다.

근데 난 왜 이렇게 거부를 못하는 것일까? 언제부터 우린 이렇게 가까워진 걸까?

내가 이대로 키스를 하려고 들면 과연 거부하지 않고 받아들일까? 확인해 보고 싶다.

허락을 할까? 거부할까?

정말 확인에 들어가고 싶다.

생각이 여기까지 미치자, 인수는 아찔했다.

너무 가깝다. 위험하다.

이 녀석은 지금 무슨 생각을 하고 있을까?

"알았어. 말할게. 이 손 좀 놓아주면 안 될까?"

"싫어요. 진실을 말할 때까지 이렇게 꽉 붙잡고 있을 거예요."

"아니…… 내가 무슨 개도 아니고……."

수연이 까르르 웃었다.

아, 향긋한 냄새. 달콤하다.

이 녀석의 입안은 수박을 씹으면 무슨 박하로 바꾸는 능력이 있나 보다.

"말해요."

수연의 입술이 앙다물어졌다.

콧잔등에 주름도 생겨났다.

"알았어. 말할게. 무의식은 서로 공유되거든."

"네?"

양쪽 뺨으로 수연의 손힘이 전해져 왔다.

"무슨 말이냐 하면. 우리 인간의 무의식은 네트워크처럼 서로 통한다는 거지. 이해해?"

"인터넷이요?"

"어. 빙고."

수연이 두 눈을 깜박거렸다.

뭔 소리지? 이런 표정이었다.

"무의식은 꿈을 통해서 발현되고."

"무슨 말인지 모르겠어요."

"그러니까, 무의식은 평소에는 알지 못하다가 꿈을 꾸면서 확인할 수 있는데, 우리가 꾸는 꿈은 인터넷처럼 서로 연결되어 있다고 생각하면 돼. 오케이?"

"꿈이 인터넷? 무슨 말이지? 뭐 그렇다고 쳐요."

"그렇다고 치는 게 아니라 그래."

"그런데요?"

"저번 꿈에 네가 나타났어."

"제가요? 제가 오빠 꿈에요?"

"응. 그때 네가 말해 줬어. 엔젤스라고."

수연은 인수의 코앞에서 맑은 두 눈만 깜박거렸다.

"이런 말 해 봐야 안 믿을까 봐⋯⋯."

"그러니까 오빠가 꿈을 꿨는데⋯⋯ 오빠 꿈속에 내가 나타나더니, 내 입으로 우리 그룹명을 오빠한테 말해 줬다고요?"

끄덕끄덕.

"말도 안 돼!"

"진짜야. 너 오빠 못 믿어?"

"못 믿어요."

"진짜 오빠 못 믿어?"

수연이 두 눈을 가늘게 만들어 인수를 옆으로 째려보았다.

"혹시 예명도 말했어요?"

휴. 인수는 속으로 안도의 한숨을 내쉬었다.

그때 수연이 다시 맑은 눈동자로 인수의 눈을 뚫어져라 들여다보았다.

그러다가 눈 옆에서 뭘 발견했는지 떼어 주었다.

내 눈썹인가? 하며 보려는 데 후, 하며 수연이 그걸 불어 날렸다.

그러자 인수가 수연의 손에서 얼굴을 뒤로 빼내며 말했다.

"응. 보보."

"보보?"

수연이 다시 제자리에 앉았다.

"아니야? 보보. 맞을 텐데?"

"보보 아닌데요? 거짓말. 다 거짓말."

"거짓말 아냐. 오빠 거짓말 못 해."

"또 거짓말."

"보보 맞아."

"아니거든요?"

"맞는데? 이상하네?"

"근데…… 보보…… 괜찮은데? 예명을 바꿀까?"

수연이 혼자 중얼거렸다.

아차, 다른 예명이 있었구나.

"지금은 뭔데?"

"도담이요. 아차, 말하면 안 되는데."

"도담? 도담이 뭐냐? 촌스럽게. 누가 지어 준 거야? 무슨
의미가 있어?"

"사장님이요. 도담도담. 아이들이 별 탈 없이 잘 크고 자
란다는 뜻이라며 지어 주셨어요. 저도 잘 크라면서요. 근데
보보는 무슨 뜻이지?"

"보보. 둘 다 걸을 보. 굳이 의미를 부여하자면 계속 걸어
간다? 뭐 이런 뜻?"

짝. 수연이 박수를 쳤다.

"저 걷는 거 좋아해요."

수연의 맑은 눈이 반짝 빛났다.

"도담보다는 낫네."

"맞아요. 훨씬 나아요. 사장님한테 얘기 좀 해 봐야겠어요. 근데요, 오빠."

"응?"

"진짜 어떻게 알았어요?"

"응? 뭐?"

"또또."

"꿈에서 들었다니까? 그나저나 이제 이럴 시간도 없겠네?"

수연이 두 눈을 가늘게 만들어 인수를 또 흘겨보았다.

"뭐, 거기까진 생각 안 해 봤어요."

"앨범 나오면 꼭 사인해서 줘."

"당연하죠. 근데 오빠는 2빠따. 1빠따는 울 엄마아빠."

인수는 수연의 추궁이 이제 끝났다고 생각했다.

"근데요, 오빠."

"응?"

"저 여기 또 와도 돼요? 그냥 오빠 보고 싶을 때…… 일주일에 한 번? 아니, 아니. 한 달에 한 번."

인수는 잠시 수연의 얼굴을 보았다.

매우 진지했다.

용기를 냈을 것이다. 더 밀쳐 낼 수가 없었다.

"2580."

"네?"

인수는 현관을 보았다. 이걸 내가 왜 말해 주지?

"아! 비밀번호."

"외우기 쉽지?"

인수는 마음과 주둥아리가 따로 논다는 게 바로 이런 거라는 것을 실감했다.

수연의 얼굴이 활짝 펴졌다.

"네!"

"치킨 시킬까? 치맥, 아니 치콜 어때?"

"아……."

수연이 이건 정말 고문이라는 듯 곤란해 했다. 수박도 딱세 조각 먹었건만.

"살찔까 봐 그래? 가슴살만 먹어. 껍질은 벗겨 내고."

인수가 악마처럼 속삭였다.

설레설레.

고개를 젓던 수연이 입안에 침이 고였나 그 침을 꿀꺽 삼켰다.

"뭐야. 지금 침 삼킨 거야?"

수연의 얼굴이 순간 발개졌다.

아랫입술이 튀어나왔다.

그 얼굴은 인수를 향해 못됐어, 라고 말하고 있었다.

인수는 무척 당황스러웠다.

진짜 삐친 것이다.

그러고 보니 수박을 딱 세 조각만 먹었다.

이 녀석 지금 정말 힘들구나.

"어, 미안."

"아니에요."

수연이 식탁 의자에서 일어나 소파로 몸을 옮겼다.

어깨가 축 처진 것이 힘이 하나도 없어 보였다.

"너 눕고 싶구나?"

수연은 대답하지 않았다.

인수의 말대로 두 다리 쭉 뻗고 눕고 싶지만, 그래서는
안 되고 그럴 수도 없는 것이다.

"거기 누워서 좀 쉬어."

"괜찮아요."

괜찮다고 대답은 했지만, 슬슬 졸음이 밀려왔다.

"눈 보니까 졸렸네. 또 졸렸어."

졸음을 이겨 내며 미소 짓는 수연의 얼굴을 보고 있노라
니 짠한 마음이 일어났다.

"오빠…… 죄송한데 저 너무 졸려요."

"응. 거기 누워 눈 좀 붙여. 졸음에는 장사 없어."

"이러면 안 되는데……."

"그래도 돼."

303

"안 되는데……."

이제는 쏟아지는 졸음을 도저히 이겨 낼 수가 없는지 수연은 에라 모르겠다는 식으로 머리를 뒤로 넘겨 기대었다.

인수는 앉아서 잠을 청하는 수연을 반드시 눕혀주고 싶었다. 하지만 함부로 나설 수도 없어서 난감했다.

"오빠……."

"응?"

"아니에요."

수연이 두 눈을 감은 채로 잠꼬대처럼 말했다.

그러더니 두 눈을 부릅떴다.

"자래두."

인수가 말하자, 또 수연의 두 눈이 스르르 감겼다.

그러다 또 번쩍 뜬다.

이러는 자신도 웃기는지, 힘없이 웃으며 또 스르르 눈을 감았다가 번쩍하며 부릅뜨기를 반복했다.

'안 되겠네.'

인수는 몸을 일으켜 수연의 옆에 앉았다.

그러자 수연이 살며시 어깨에 머리를 기대어 왔다.

모든 것이 고요한 가운데, 벽시계의 초침 돌아가는 소리만이 선명했다.

조금 쌀쌀한 기운이 느껴졌다.

인수는 수연이 감기라도 걸릴까 봐 걱정되어 이불을 가져오기 위해 조심히 움직였다.

하지만 몸을 살짝 움직인 그때였다.

수연의 손이 인수의 손을 붙잡았다.

마치 아기처럼, 가지 말라는 뜻이었다.

"이불 좀 가져올게."

수연은 미세하게 고개를 저었다. 이대로, 잠깐만 이대로 있어 달라는 말이었다.

그렇게 딱 1분이 지나갔는데, 시간이 정말 길게 느껴졌다.

"오빠."

"응."

"그냥요."

또 그렇게 1분이 지나갔을 때 수연이 어차, 하며 눈을 부릅뜨고는 기대었던 머리를 바로 세웠다.

"다 잔 거야?"

끄덕끄덕.

수연이 고개를 끄덕이는 것으로 대답했다.

"더 주무셔."

수연은 깜짝 놀랐다. 인수가 어깨를 붙잡고는 확 눕혔기 때문이었다.

"괜찮아요!"

"내가 안 괜찮아."

인수는 벌떡 일어나 수연의 두 다리도 들어서 소파로 올려 주었다.

"괜찮은데……."

마음 같아서는 마사지로 다리 근육의 피로를 쫙 풀어 주고 싶었다.

"일어나지 마. 일어나면 혼낼 거야."

인수는 안방으로 들어가 이불을 가져왔다.

"오빠 저 진짜 괜찮……!"

이불이 펼쳐지며 몸 위로 덮어지자 수연이 급히 몸을 일으켰지만, 인수는 다시 어깨를 붙잡아 눕혔다.

"자. 넌 좀 자야 돼."

인수가 몸을 일으키자 수연이 물었다.

"오빠는 어디 가시는데요……."

"나 어디 안 가는데?"

"그럼 여기…… 여기요."

수연이 옆으로 돌아누우며 머리 위를 손끝으로 툭툭 쳤다.

인수가 망설이자, 수연이 몸을 일으키려 한다.

"알았어."

결국 인수는 그곳에 앉았다.

그러자 수연이 인수의 허벅지를 베개 삼아 머리를 끌어 올렸다.

끄응.

인수는 그대로 몸이 얼어붙어 버렸다.

한데 그것도 모자라, 수연이 몸을 반대로 돌려 누웠다.

수연의 얼굴이 인수의 배에 파묻혔다.

수연의 옆모습은 매우 만족스러운 표정이었다.

인수가 이불을 다시 골고루 펴 주는데, 수연의 손이 올라
오더니 정수리에 묶어 고정시켰던 머리를 풀었다.

"오빠."

"응?"

"이 머리…… 단발머리는 진짜 이렇게 묶기 힘들어요."

"……."

오빠한테 예쁘게 보이려고 묶었다는 소리였다.

수연은 밑머리를 올리기 위해 사용한 실 핀도 하나씩 제
거했다.

인수는 그 고무줄과 머리핀을 하나씩 받아 주었다.

마지막 실 핀이 인수의 손으로 건네지는 그때 숨소리가
달라졌다.

새근새근.

수연은 그렇게 잠이 들었다.

인수는 수연의 뺨에 흐트러진 머리카락을 보며 아빠미소
를 지었다. 귀 뒤로 정리해서 넘겨주자 수연의 입가에도 미
소가 번졌다.

조용한 날, 행복한 시간이었다.

◇ ◆ ◇

오늘은 야자가 없는 날.

친구 민숙과 함께 우연히 도서관 앞을 지나가던 세영이 문득 발걸음을 멈추었다.

이 길에서 겪었던 신비로운 체험과 함께 인수가 생각났기 때문이었다.

지금도 그 자리에 있을까?

세영의 시선이 도서관 건물로 향했다.

어느새 2004년 새 학기가 시작되었고, 한 달이라는 시간이 훌쩍 지나갔다.

오늘은 4월 7일 수요일.

'그러면 월수만 가능하네?'

인수의 목소리가 떠올랐다.

여전히 방학이라면 그럴 것이다.

하지만 지금은 학원 수업도 변경되었다.

'약속을…… 지키지 못할 거 같아.'

인수가 힘없이 웃으며 말할 때의 모습도 떠올랐다.

그때 무슨 일이 있었던 것 같은데, 나는 왜 물어보지도 못했던 걸까?

아니, 무슨 사정이 있어 보이긴 했지만 먼저 자기가 하자고 했으면서 며칠 만에 말을 바꾸는 경우는 또 무슨 경우야?

이런 생각을 하고 있는데, 앞서가던 민숙이 재빨리 눈치를 채고는 도서관 안으로 휙 들어갔다.

"너 어디가?"

세영이 민숙의 돌발 행동에 정신을 차리고는 물었다.

"뭘 어디가? 도서관가지."

"왜?"

"왜긴 왜야? 도서관에 책 빌리러 가지?"

"뭔 책?"

"아, 책이 책이지 뭐야?"

민숙이 더 이상 대꾸하지 않고 총총걸음으로 계단을 오르자, 세영이 어이없다는 표정을 지었다.

"뭐냐, 갑자기."

퉁명스럽게 내뱉으며 민숙의 뒤를 따라온 세영이었지만, 자료실에 도착하자 힐끔거리며 인수를 찾아보았다.

신경 쓰지 않으려고 했는데, 자꾸 신경이 쓰였다.

인수가 항상 앉아 있던 자리에는 다른 아저씨가 앉아 있었고, 인수는 없었다.

민숙이 자료실에서 대충 책을 훑어보지만, 대여할 생각은 전혀 없어 보였다.

역시나 민숙은 빈손으로 자료실을 빠져나갔다.

"야."

"응?"

"그냥 가?"

"응."

"책 빌린다면서?"

"아니야. 너 빌릴 거 있음 빌려."

세영의 표정이 순간 굳어졌다.

"너 뭐하자는 거야?"

"아니…… 그게……."

민숙이 제대로 대답을 못하자 세영은 눈을 흘기며 그 옆을 지나쳐 갔다.

"짜증 나."

세영의 말 한마디는 찬바람을 일으켰다.

도서관을 빠져나가는 세영의 뒷모습을 보며 민숙이 혼자 중얼거렸다.

"너무 오버했나?"

인수가 이 자리에 있으면 어떻게든 우연을 가장해 일단 만나게 해 주고, 그러고 나서 요즘 미심쩍은 두 사람 사이에 어떤 기류가 있는지 그것을 확인해 볼 참이었는데…….

민숙은 자신의 머리를 쥐어뜯으며 세영의 뒤를 쫓아 나갔다.

"야, 같이 가!"

민숙이 뒤에서 불렀지만, 세영은 대꾸하지 않았다.

거의 뛰는 걸음으로 계단을 내려갔다.

그리고 발이 삐끗하는 순간.

세영은 계단을 굴렀고, 민숙은 두 손으로 입을 가리고는 비명을 내질렀다.

"꺅!"

〈3권에 계속〉